「ちゃぶ台《だい》返《がえ》し」のススメ

運命を変えるための5つのステップ

ジャック・アタリ＝著
橘明美＝訳

飛鳥新社

日本語版のための序文

こうして一度ならずわたしの本が日本語に訳され、著書を通して敬愛する国の読者に再び会えるとは、なんと光栄なことだろうか。

この本で取り上げた〈自分になる〉ことは、時代も場所も問わない普遍的な問題である。自分の自由の条件、人生の条件は誰もが自ら作り上げるしかない。自分の特異性も各人が見つけるしかない。どうしたら最良の自分になれるのか、それも自分で模索するしかない。そこで、せめてその助けになるものをと思い、この本を書いた。

世界のさまざまな文化・文明には、そのなかにいる個人にとって〈自分になる〉ことが比較的容易なものと、そうでないものがある。個人主義の傾向がほかより強ければ前者で、集団の圧力がほかより強ければ後者ということになるだろう。そして、日本は後者だと言われることがある。

しかしながら、日本にもかなり古い時代から〈自分になる〉ことの原形があった。日本の神話を伝える『古事記』と『日本書紀』には、天上の女神アマテラスの物語が出てくるが、この女神が洞窟に身を隠したのは、弟のスサノオが言うことを聞かずに暴れまわったからだった。だがある意味では、スサノオは自分になろうとしていたと言える。

また、近代の著名な思想家たちも〈自分になる〉ことを重視した。福沢諭吉は、日本が独立国家として西洋諸国と肩を並べるためには個人の独立、すなわち教育による個々人の能力向上や精神的成長が条件になると考え、「一身独立して一国独立す」と述べた。また西田幾多郎は、「一社会の中にいる個人が各充分に活動してその天分を発揮してこそ、始めて社会が進歩するのである」(『善の研究』)と書いている。

日本は諸外国から集団主義的な文化の国と思われている。だが実際には、日本でも昔から、集団と対立する個人の存在が認識されてきた。だからこそ、集団の圧力と個人の望みのあいだに葛藤があり、そこから「本音と建前」という概念が生まれたのではないだろうか。これはいわば日本社会の中心概念であり、他のいかなる言語にも文化にも見られないものだ。「本音」は個人の偽りのない感情や願望のこと、「建前」は筋の通った言動や公の場で表明される考えのことと思われ、この二つが常にぶつかり合う。

今日では多くの国で個人主義が集団主義に勝りつつあり、日本も例外ではない。だからといって、それは個人と国家の対立を意味するわけではない。個人の〈自分になる〉ことと国家の〈自分になる〉ことは、実は両立可能なものだ。そしてそのために、つまり個人と集団の調和、個人の開花と国家の開花の調和をはかるために、ほかの誰よりもいい知恵を絞れる国民がいるとしたら、それは日本の人々なのではないだろうか？

二〇一五年一一月九日

#「ちゃぶ台《だい》返《がえ》し」のススメ　運命を変えるための5つのステップ　目次

序論　〈自分になる〉こととは？——あなたは自分で思っているよりも自由

今こそ自信をもつとき

今日の世界は耐えがたい。しかも今後ますます多くの人々が苦境に立たされることになりそうだ。もはや誰かがどうにかしてくれるという段階ではない。今こそ、わたしたち一人一人が自分で対処すべきときである。

国の給付や保護を求めるばかりではなんの解決にもならない。まずはあなた自身が、日常の惰性、慣れ、レールが敷かれた人生、誰かが選んだ人生から抜け出さなければならない。人生を自分で選び取らなければならない。

あなたがこの世界のどこにいようが、男性だろうが女性だろうが、社会的にどんな立場にいようが、今必要な気構えは同じである。それは権力者を当てにしないこと。自分の辞書に不可能の文字はないとあえて思うこと。あきらめてはいけない。世界の「経済の恐怖」［訳注1］を告発することで満足していてはいけない。憤る［訳注2］だけで終わってはいけない。そこで終わるとしたら、結局のところ腰抜けのエリートと同じである。

問題に立ち向かい、人生を成功に導くには、自信をもたなければならない。そして自分を大切にすること。何でもできるのだと自分に言い聞かせること。思い切って自分を見つめ直し、規制秩序を打ち破っていくこと。人生こそ最大の冒険だと考え、そのつもりで取り組む勇気をもつことだ。

そんな勇気はないと思うなら、実際に何があなたの将来を左右するのか、その決定要因をすべて思い浮かべてみるといい。

すると、自分は思ったよりも自由だとわかるのではないだろうか。どうにもならないように思える難題も、実はまだまだ立ち向かう余地があるのだと。しかもその点は、あなたが誰だろうが、何歳だろうが、金持ちだろうが貧乏だろうが、男だろうが女だろうが、どこの国のどういう階級の生まれだ

［1］フランスの作家・文芸批評家のヴィヴィアンヌ・フォレステルが一九九六年の『経済の恐怖—雇用の消滅と人間の尊厳』で批判した、市場至上主義者による「人間排除経済」のこと（邦訳は、堀内ゆかり・岩澤雅利訳、丸山学芸図書、一九九八年）。

［2］フランスの外交官で、第二次世界大戦中にレジスタンスとして戦った経験をもつステファン・エセルによる二〇一〇年の『怒れ！ 憤れ！』を参照（邦訳は、村井章子訳、日経BP社、二〇一一年）。この本ももちろん憤るだけではなく行動を呼びかけるもので、世界各国の政治に無関心な若者たちに火をつけた。

ろうが変わらない。あなたには自分の運命を、あなたが愛する人々の運命を、あるいはあなたを愛する人々の運命を、さらにはあなたに続く世代の運命を大きく変える力がある。そしてあなた自身の幸福と安全もそれらを変えられるかどうかにかかっている。

男性だろうが女性だろうがと書いたが、実際には女性のほうが多くの束縛を受けているので、その女性たちが自分の運命を変えられれば、それこそ世界を動かす力となる。

では人生を選び取り、運命を変えるためにはどうすればいいのか。わたしがこの本で書きたいのはまさにそのことなのだが、残念ながらフランス語には、いやわたしが知るかぎりの言語には、それを正確に言い表す言葉がない。それは抵抗でもなく、レジリエンス〔訳注3〕でもなく、解放でも克服でも自覚でもない。そこで、〈自分になる〉ことと表現しようと思う。

＊＊＊

もはや誰にも期待してはいけない

今、世界は危険な状態にあり、今後ますます危険になっていくだろう。すでに暴力が横行し、それが極端な排他主義と理不尽なイデオロギーに煽られて、多くの国と地域で渦を巻いている。宗教戦争が再燃し、各地で分離独立が相次いでいる。互いの違いこそが豊かさを生むということが忘れられつつある。環境は悪化し、食物の汚染度が高まり、雇用は失われ、中産階級が崩壊しつつある。都市は人口集中と孤立に苦しみ、経済成長でその需要を支えることさえできなくなっている。ひと握りの富裕層と膨れ上がる貧困層のあいだに深い溝ができている。そして一つ、また一つと、セーフティネットが破れていく。

あらゆる面で生活水準の維持が難しくなり、経済成長で補うこともできないため、国家も企業も個人もますます借金に頼っている。つまり過去の世代の遺産が取り崩され、未来の世代に残す遺産が目減りしていく。

こうした危機を前にしながら、大多数の政治家や企業経営者は目先のことしか考えず、毎日をうまくしのぎ、割れ目をふさいでまわることに甘んじている。政治家は人気取りに夢中で、有権者受けのいい政策しか掲げないし、企業経営者は株主の顔色をうかがい、四半期ごとの利益確保に躍起になっている。

長期的視野に立つことはなにも過去や未来のためばかりではなく、今生きているわたしたちのためでもあるのだが、そのことを皆忘れている。わたしたちは過去の世代の一部であり（今生きている人類の三分の一以上は五〇年ほど前からこの世にいる）、未来の世代の一部でもあるのだが（今生きている人類

［3］著者が『危機とサバイバル』（林昌宏訳、作品社、二〇一四年）で提示したサバイバルに必要な資質の一つで、柔軟な適応能力のこと。

の三分の二以上は三〇年後もまだ生きているだろう）、人々の視野はそれよりさらに狭くなっている。たとえば、フランスはこの二〇年間ゆるい坂を転がり落ちてきたが、国の指導者たちはただ手をこまねいて見ていただけだった。この冬眠のような無気力状態は死に至る恐れもあるというのに、彼らはそれを放置してきた。

わたしはずいぶん前から、あらゆる機会をとらえ、世界、ヨーロッパ、そしてフランスのガバナンス再構築が急務だと訴えてきた。エコロジー危機［訳注4］を回避し、持続可能で妥当な成長を実現し、人々が自由に生きられるように、かつ他者の自由を奪うこともないようにするために急いで講じるべき措置についても、何度も言葉を尽くして述べてきた。だがそれに対する政治家の反応はどの国でも（もちろんフランスも）、どの党派でも、いつでも同じで、「あなたの分析もご意見ももっともだし、どうすべきかはこちらもわかっているんですよ」とささやきながら、「しかし今は不況ですから」あるいは「好況ですから」、「支持率が高いので」あるいは「支持率が低いので」等々の理由により、「そのときではありません」と締めくくる。彼らが懐疑論に、シニシズムに、ナルシシズムに、自己満足に、利己主義に、強欲に、小心に、あるいは慢心に逃げ込むのを、どれほど目にしてきたことだろう。彼らが自分の利益にしがみつき、無為王［訳注5］のように足踏みするのを見て、どれほど歯がゆい思いをしてきたことだろうか。だからこそ、わたしは今すべての人にこう言いたい。もはや誰にも何も期待するな。パスカルのように賭けに出ろ！

一七世紀のフランスを生きた天才ブレーズ・パスカルは、『パンセ』のなかで、直観と無関係にただ神を信じる、つまり根拠なく信じるという賭けに出ることを提唱した。それによって何かを失う人は誰もいないとパスカルは考えた。なにしろ神が存在しないなら、神を信じて罰せられることはないし、神が存在するなら、神を崇めることで救われるかもしれない。

どちらにせよあなたは損をしない

二一世紀の今日、わたしは同じ発想による行動を提唱する。すなわち、他者がどう行動するかとは無関係に、自ら人生を掌握し、自ら行くべき道を見つけるという賭けに出ることを。なぜなら、起こりうる事態は次の二つに一つであり、どちらであってもこの賭けに出て損することはないからだ。

一つは公・民の権力者たちが諸問題を解決できない場合である（こちらになる可能性が高い）。その場合、賭けに出ていた個人は少なくとも自分のために、取り返しがつかなくなる前に、権力者の無能の埋め合わせをすることができるだろう。

もう一つはその逆で、権力者たちがようやく重い腰を上げ、今世紀の環境、倫理、政治、社会、経

[4] 需要増や気候変動を背景に、食糧不足、水不足、自然災害、種の絶滅等々によって人類の生存が脅かされる危機。『危機とサバイバル』を参照。

[5] フランク王国メロヴィング朝末期の、宮宰に実権を奪われた王たちのこと。

済等々の難題に立ち向かおうと決意する場合である。しかし決意しても結果的に失敗すれば、前述と同じ結果になる。では成功したらどうなるか。その場合でも賭けに出ていて損することはない。賭けに出ていた個人は、難題が解決して再び豊かさが見いだされたとき、すでに自分の意思でそのなかに身を置いているだろうから。

とはいえ、この賭けの究極の目的である自由も決して無制限のものではないし、どうやっても無制限にはならない。パスカルも、人間は生まれ落ちた条件と死すべき定めによって四方八方を囲まれていて、牢獄のなかで生きているようなものだと認識していた。しかし、牢獄のなかにいることは変えられないとしても、牢獄の壁をどこまで押し広げられるかはわたしたち次第だ。そのような自由を「農夫の自由」にたとえてみせたのもまたパスカルだった。収穫は天候や土壌といった農夫にはどうしようもないものに左右されるが、農夫の働き次第でもあるからだ。

また、この賭けは誰もがすぐに理解できるようなものではない。多くの人々は賭けとは無縁で、こうあるべしと他者が決めたとおりに一生を送る。生まれた場所で他者が、あるいは偶然が敷いたレールに乗り、そのまま走りつづける。レールを降りない理由は、怖いから、面倒だから、従順であるべきだと思っているからなどそれぞれだ。そして人生の枝葉末節にちょっとした幸福を見つけてどうにか生きていく。

もちろん憤慨してレールを降りようとする人々もいる。彼らは誰かを、あるいは何かを批判し、抗議し、意見を述べる。だがその憤慨を行動に移そうとはしない。したがって自分の人生を成功に導くこともないし、他の人々の人生を改善することもない。この種の人々はどの国でも同じことで、ひたすら自己正当化に努め、そのための理屈をひねり出して満足している。つまり彼らはレールを降りたつもりになっているが、実際には降りていないのだ。

その一方で、本当にレールを降りる人もいる。決められた運命を拒否する人々のことである。彼らは社会、宗教、家族、階級、出生国、資産、性別、遺伝的資質によって用意されたレールの上を行かず、自分の意思でそこから降りる。あらゆる種類の決定論から身を引く。年長者に従うのではなく、自分の意思によって学業、職業、身体的外観、性的指向、言語、配偶者、闘争、理想、倫理を選ぶ。彼らは時に家族を、あるいは祖国を離れる。自分の強みを自ら探し、自ら夢を描き、それを実現しようとする。いや、そこまで華々しくないとしても、少なくとも彼らは誰かが何かしてくれるのを待ったりせず、自分で問題に立ち向かう。仕事を選ぶのも、能力を磨くのもそうだ。つまりこの人々は自分自身になろうとする。全員が成功するわけではないが、少なくとも彼らは思うようにやってみるはずである。

覚醒のきっかけはいくらでもある

当然のことながら、このような賭けを提案されても、そう簡単に決心できるものではない。なにしろ過去を振り返ってみれば、王侯や聖職者が神の名のもとに男たちに権威を押しつけてきたという、何千年にも及ぶ歴史があるのだから。そして男たちは自分の気まぐれを女と子供に押しつけてきた。

今日でもなお、ほとんどの人の運命は――特に女性と子供は――何らかの圧倒的な力に支配され、それに依存している。そうした力には目に見えるものもあれば見えないものも、物質的なものも精神的なものもある。経済、イデオロギー、財政、政治、宗教、軍事、気象などさまざまな力がわたしたちを支配している。あるいはそれらに関する他者の意思、欲望、狂気、暴力、無関心がわたしたちの運命を左右すると言ってもいい。

豊かな国の中流階級であっても、環境、平和、戦争、経済成長、雇用、気候変動、技術革新などに対して自分はなんの影響力ももたない、つまり人生の基盤となるものに対して自分は無力だと思っている人が多い。そして実際、多くの人々は夢を実現せずに終わるだろう。芸術家に、あるいは医者になりたかったのになっていないし、これからなることもないという人がほとんどだろう。

しかしながら、人間ならほぼ誰もが――男でも女でも、たとえ弱者のなかの弱者であろうとも、覇権を争うさまざまな勢力によって虐げられていようとも――人生を自ら掌握する力をもっている。ではどういうときその力に気づくのだろうか。それは自分を解放する必要を強く感じたときであり、あきらめないこと、抵抗することを学んだときであり、精神生活において、あるいは理性の遂行において押しつけられた運命を拒絶する方法を見つけたときである。

覚醒を促すきっかけになる出来事はいくらでもある。たとえば金銭的に余裕ができた、あるいは金銭的に行き詰まった。死が近いと感じた、あるいは力がみなぎるのを感じた。心を静めて思索にふけった、実存の危機に陥った。深い悲しみに落ちた、幸福感に酔いしれた。孤独に直面した、ひと目ぼれした。さらに、自己との出会いを求めた、あるいは〈他者〉との出会いによって自己との断絶を経験した、などもきっかけになる。

わたしが言いたいのはレジリエンスよりずっと意味の広いものだ。ここで問題となるのは「危機のサバイバル」[訳注6]以上のものであり、ましてや単に日常の諸問題に対処することではない。それは自分の道を見いだし、人生を成功に導き、自分がこの世にいる理由を見つけて〈自分になる〉こと、そして自力で難問に立ち向かう勇気をもつことである。

他者に期待せずに自立し、自らを掌握するという考え方が広まれば、やがて私生活の場にも職業活動の場にも創造者、開拓者となる人々が登場するだろう。その人々はあるがままの自分を生きながら、自分自身と他の人々のために何かを創造する。その人々の人数が増え、さらに彼らが他の多くの人々が〈自分になる〉のを助ければ、今の危機もじきに克服され、再び豊かさ、平和、寛容、自由が優勢になるだろう。そうなればこの星も、天国とまではいかなくても、少なくとも住民のほとんどにとって住みやすい場所になるのではないだろうか。

そのためにも、わたしが〈出来事〉、〈ポーズ〉、〈ルネサンス〉などと名づけたものを多くの読者が理解してくれることを願ってやまない。そのうえで、あえて救済のための孤独と向き合ってみていた

[6]『危機とサバイバル』を参照。

だきたい。

第一部では、今世界が置かれている絶望的な状況について詳述する。

第二部では、そのなかで模索されているさまざまな形態の自由について、数多くの事例を取り上げる。

第三部では、〈自分になる〉ことについて考えた人々の歴史をたどる。

そして第四部には、〈自分になる〉ための五つのステップからなる〈道〉を示してあるので、ぜひ目を通していただきたい。

世界の状況は理解した、ではどうすればいいのかすぐに知りたいという読者は、第一部ののち直接第四部を読んでいただき、その後第二部の事例集、第三部の歴史、という具合に進んでいただいてもいいだろう。

第一部 甘受する世界

それでもあなたは他人《ひと》まかせでいいのか

第一章　悪の台頭

それを止められるものはない

自分で人生の舵をとることは本当に可能なのだろうか？　本当にあえてそうするべきなのだろうか？　それより、個人よりはるかに大きな力をもつ〝歴史〟の目撃者にとどまり、〝偶然〟と〝他者〟に運命を委ねるほうがいいのではないか。そして生産された富の公正な分け前を権力者に――為政者や経営者に――要求すればいいのではないだろうか？

そもそもあらゆるところで悪が優勢になり、もはや個人の成功など望むべくもないように思える。至るところで暴力がまかり通り、以前から惨劇の舞台だった中近東はもちろん、ウクライナやサハラ以南のアフリカのように思いがけないところでも暴力が噴出している。しかも一般市民、女性、子供たちが巻き込まれ、武装集団によって奴隷、兵士、人質、あるいは人間の盾にされている。

多くの国で失業が深刻化し、なかでも若者たちが打撃を受けている。たとえ大学を出ても、職がないことに変わりはない。また人類の半数近くが貧困線以下の暮らしを強いられ、そこから抜け出す望みもてずにいる。格差はすでに桁外れで、しかもまだ広がりつづけている。地球上で最も裕福な八五人が、最も貧しい三五億人よりも多くの富を手にしている。

多くの国で人口の爆発的増加が続いている。ナイジェリアの現在の人口は一億七四〇〇万人だが、二〇五〇年には四億四〇〇〇万人、二一〇〇年には九億一四〇〇万人に達するだろう。つまり今世紀末までに五倍以上になる。同様に、コンゴ民主共和国は二〇五〇年までに六八〇〇万人が一億五五〇〇万人に、ニジェールは二一〇〇年までに二〇〇〇万人が二億人に膨れ上がるだろう。タンザニア、エチオピア、ウガンダの人口も三〇年以内に少なくとも倍増すると予測されている。

その一方で、ヨーロッパのほとんどの国では人口が減少する。今から二〇五〇年までに、ブルガリアは人口の三〇パーセントを、ウクライナは二五パーセントを、ロシアは一五パーセントを、ドイツは一二パーセントを失うだろう。アジアでは日本が一五パーセントを失うだろう。

今の増減傾向が変わらないとしたら、今世紀半ばにはドイツ人よりフランス人のほうが多くなり、さらに時間が経てば中国人よりナイジェリア人のほうが多くなる。そして今世紀末には都市人口が七〇億人、農村人口が三〇億人になる。

そんな状態で、全員が職、住居、移動手段、食料を確保できるわけがない。二〇億人の高齢者（高齢者人口の増加率はそれ以外の年齢層の倍）にまともな年金を支給できるはずもない。気候変動や政変・紛争などで一〇億人を超える難民が生まれると予測されるが、その人々の受け入れ先があるとも思えない。

また、特にアジアでは、男女の人口比率を維持できなくなるだろう。文化的圧力がかかるうえに、技術が進んで選択的中絶が可能になるので、男性に比べて女性が少なくなる。そして地球上を見わたしてみれば、人類全体の運命を左右するこれらの変化に対して、有効な手を打てる国などどこにもありはしない。

テクノロジーの進化がどれほど目覚ましいものであっても、今後数十年というスパンで人々の暮らしが大幅に改善されるとは思えない。

たしかに昨今の技術革新（携帯電話、インターネット、検索エンジン、遺伝子コード解読など）でわたしたちの働き方や買い物の方法はがらりと変わった。商業や文化といった分野で仲介が不要になり、企業や行政機関の経営管理が刷新され、あらゆるものの交換が活発になった。

だがそれも、蒸気機関や内燃機関の発明、電気の実用化のときのような、生活様式の激変というところまではいかない。しかも、昨今の技術進歩は社会的・政治的な悪影響を伴いつつあり、その傾向は今後ますます強まるだろう。

たとえば、多種多様なロボットが無数の職を奪いつつある。インターネット化とビッグデータによって、公的・私的権力が人々の暮らしを子細に監視・管理できるようになりつつある。ナノテクノロジー、バイオテクノロジー、神経科学、人工心臓、人工子宮、人工器官、さらにはクローニングやキメラ作成といった技術の進歩によって自然も人類も変化し、取り返しのつかない方向へ進んでいくかもしれない。そしてここでも同じく、今のところ、こうした流れを変えられそうな国はどこにもない。このままでは悪の台頭は避けられない。

また、いくら技術が進歩しても、軍拡が阻止できるわけではない。地球温暖化の阻止も無理だろう。今世紀末までに地球の平均気温は三度上昇し、氷河や氷冠の融解が続き、海水の温度膨張とあいまって海面水位を一メートル近く押し上げる。それによって、ニューヨークなど沿岸部の一三六の大都市と、ガンジス川やブラマプトラ川流域をはじめとする人口過密デルタ地帯が脅かされることになるだろう。

耕作可能な陸地が減り、しかも平地の多くは人口過密地帯と重なるためこれ以上耕作に充てることができない。都市人口の九〇パーセントは何らかの汚染にさらされ、またそうした汚染が食糧事情を悪化させる。大気汚染に起因する疾病で死亡する人は毎年四〇〇万近くに上っているが、この数字はわずか五年で三倍になった。また五〇〇〇万人の政治難民に加え、すでに三二〇〇万人が気候難民になっている。二〇三〇年までに大規模な自然災害の発生件数は三倍になるだろうが、わたしたちにはそれをどうすることもできない。内陸部では乾燥化が進み、自然火災が増える。熱帯地域では熱帯性低気圧が猛威をふるい、降水量がますます増えるだろう。生物多様性も危機にさらされ、今世紀半ばまでに動物種の少なくとも三〇パーセントが絶滅する。一方、ウイルス感染症の発生はますます増える。新たな感染症が次々と出現し（一九七〇年代には一五年に一つの割合だったが、今世紀に入ってから一六か月に一つと急増している）、人の移動の増加によって蔓延速度も増していく。

さらに、高齢化に伴って老年期の疾病、なかでも神経変性疾患がかつてないほど広がっていく。だがこれについても結局のところ、国家は無力だろう。国家は国民が期待するサービスを徐々に提供できなくなり、国民の安全を保障することさえできなくなるだろう。

第二章　世界の〈ソマリア化〉

国家は解体されていく

前章で挙げたような変化の波が押し寄せるなか、各国の政治指導者は徐々に力を失いつつあり、今後さらに失うことになると思われる。人口、技術、金融などの大きな変化も、雇用喪失、暴力の頻発、環境破壊といった危機も、政治指導者が制御できるものではなくなっていく。こうした厳しい試練に立ち向かうための手段も資力も、彼らは手にしていない。いやまだ少々残っているとしても、それさえ失われていき、やがて〈悪の台頭〉に対してほぼ無力な存在になるだろう。

至るところで国家が解体されていくだろう。多くの国がすでに巨額の債務と官僚制の硬直化によって身動きがとれなくなっている。世界全体で言うと、二〇一四年七月時点で公的債務が五四兆ドルに達しており、これは世界のGDPのおよそ七二パーセントに当たる。

民主主義国家の指導者たちはすぐに結果の出る政策ばかりを追いかけ、もはや長期的問題に取り組む能力も気力ももっていない。彼らは支持率にしがみつき、ほんの一時でもこれを失うことが怖いのだ。また、たとえある国が何らかの思い切った決断をしたとしても、結局はコーポラティズム［訳注1］に行く手を阻まれて実施に至らない。豊かな国で、毎年生み出される富の半分以上を国が自由にできるような場合であっても、政府は未来に対して有効な手を打てず、それどころか無関心になりつつある。そして民主主義が弱まれば弱まるほど、公的債務も膨らむようだ。欧州連合（ＥＵ）はＧＤＰの八九・五パーセント、そのうちのユーロ圏が九六パーセント、アメリカは一〇〇パーセントというように。

ＥＵ加盟国はそれぞれが承知のうえで多くの行動手段を放棄してきたが（一部の国は通貨に関する主権も委譲した）、かといってこれらの国々に代わって重要な決定を下せる連邦国家が存在するわけではない。フランス政府も欧州構築、民営化、地方分権の名のもとに、国家運営の手段をかなり失った。他の加盟国、特にギリシャ、ポルトガル、スペイン、イタリアに至っては公共インフラをたたき売り同然に放棄しつつある。ギリシャは三八の空港、七〇〇キロの高速道路、一二の港、さらには国全体の三分の二の電力を生産している会社さえ民営化すると決めた［訳注2］。スペイン政府も四六の空港

［1］ここではネオ・コーポラティズムのこと。労働組合や経営者団体などの利益団体が、公共政策の立案・運営に参加する政治経済システム。

の民営化を計画し、公的医療制度からも手を引こうとしている［訳注3］。多くの国でこうした公共部門の切り売りがあとを絶たず、国家はますます行動手段を失いつつある。

さらにほかの大陸をながめれば、それよりはるかに無力な国家がいくらでもある。未来を切り開く力をもたないどころか、公共サービスの提供、インフラの維持（拡充は言うに及ばず）、公務員、警察官、兵士などの給与の支払いさえできない国々、伝染病、密売人、マフィア、テロなどとの戦いもおぼつかない国々だ。当然のことながら、そうした国の国民は自由に人生を選べない。そのための教育も受けられず、なんの支援も得られない。

国家の弱体化がはなはだしいソマリア、コンゴ民主共和国、南スーダン、チャドなどは、一部が無政府状態に陥っているのに、それが民主主義の名でごまかされている。アルゼンチンは財政破綻した。メキシコには世界で最も危険な都市ワースト五〇のうちの九都市があり、麻薬取引の増加やギャングの抗争激化に歯止めがかからなくなっている。ブラジルのリオデジャネイロにはスラム街が七〇〇近くもあり、そこで一〇〇万もの人々がなんの公的サービスも受けられずに日々をしのいでいる。インドでは少なくとも六億八〇〇〇万人が、医療も教育も受けられず、飲料水さえ確保できない状態に置かれている。特に多いのはウッタル・プラデーシュ州とビハール州だ。以上のような状況が改善される見込みはまったく立っていない。

また、至るところで不正や腐敗が蔓延し、毎年数兆ドルの賄賂が公務員の手に渡っている。世界の腐敗度ランキングワースト一四のうちの一二か国を有するアフリカでは、毎年四〇〇〇億ドルが横領され、外国の口座に移されている。その四分の一を、なんとナイジェリア一国が占めている。これらについても状況改善の見込みは立っていない。

今後数十年で市場の力はますます強くなり、逆に国家はすっかり弱くなってしまうだろう。市場は日に日にグローバル化し、一方国家は局所的なものでありつづける。

米ソ二極支配の終焉後、いかなる超大国も、同盟も、それに代わることはなかった。全世界規模の政治的統治の数少ない枠組みが消え、世界の警察官はもうどこにもいない。〈悪の台頭〉を抑えることのできる国はどこにもない。

国際機関は機能しない

国際機関も世界の秩序を維持する力をもたない。今やいかなる国際機関も世界の平和と安全を保障できないし、弱者のために最低限の環境を整えることさえできない。それはイラクやシリア、クル

[2] 二〇一五年一月に緊縮策に反対する急進左派連合が第一党となり、民営化計画はいったん凍結されたが、その後EUなどからの金融支援再開に向けた譲歩の一環として再開された。

[3] 空港公団AENAの民営化は二〇一五年二月までに実行されたが、当初の計画より低い四九パーセントの売却となった。病院の民営化をめぐってはいくつもの州で激しい論戦となり、大規模な反対デモも行われた。

ディスタン地方、アフリカ中央部などの内戦、中東紛争、南スーダンの飢饉、ウクライナにおける欧州安全保障協力機構（ＯＳＣＥ）の失敗などを見れば明らかである。

Ｇ７もＧ８もＧ20ももはやむなしい試みでしかない。参加国の自己満足のための写真撮影と、中身の空っぽな共同声明の場でしかない。少なくとも二〇年前から、いかなるサミットも有意義な声明・宣言を出していない。経済問題にしろ環境問題にしろ、重要課題を少しでも解決に導くような提唱がなされたことがあっただろうか？　温室効果ガス排出量規制についての京都議定書も、理屈のうえでは二〇〇五年に発効するはずだったが、世界の排出量の二三パーセントを占めるアメリカが離脱して事実上挫折した。

こうして国家と国際機関の仕事に大きなほころびが生じ、そのすき間を埋めるように企業が力を伸ばし、人々の生活を支配しつつある。世界の大企業トップ二〇〇〇社の成長率は、国家の成長率の優に三倍に達している。一社ないし数社が地球全体を支配している業種もあり、そうした例は健康から警備まで、娯楽から教育まで、あらゆる分野で見られる。力を得た大企業は、今後少しずつ国家に頼らなくなり、国家の要請に応えることもなくなるだろう。同時に、国家の特権は技術の進歩によって否応なく市場に移っていく。国家の手元に残る切り札は、言語の選択、免許状の交付、医薬品の認可、規格の制定、軍隊の管理・運営くらいのもので、それさえ長くは続かないだろう。

企業は目先の利益だけを追求しつづける

では企業が国家に代わって世界のために何かしてくれるのだろうか？　たしかに長期的視野を念頭に置く企業もあるし、地球全体のことを、あるいは人類の未来のことを考えている企業もある。だがそれは一部であって、大半の企業は自社の存続をかけて目先の利益と格闘するばかりだ。株主のことしか念頭になく、その要求に応えるために即戦力の使い捨て要員、金目当てで猛然と働く人々を集めてくる。トップや幹部社員も例外ではない。さらに今後、企業の資本も経営陣もますます国家への帰属が薄くなる。所在地も規制が緩いところ、税率が低いところへと移動していき、ついには国家を解体してしまうだろう。そして民主主義の大敵であり、〈自分になる〉ことを妨げる主要因でもある失業は増えつづける。

総じて、世界の重要課題の取り組みにおいて、市場は国家に取って代わることができていないし、これからもできはしない。紛争や分離独立運動、犯罪・テロ集団を前にして尻込みするばかりだという点では、国家も企業も、民主主義も市場も同じことである。

世界はパイロットのいない飛行機と化す

スコットランド、カタルーニャ、インド、中国、ウクライナ、ロシア、ミャンマー、アフリカ、中東などの分離独立運動は、平和的なものも暴力的なものも含めて、今後ますます高まっていくだろう。一九世紀、二〇世紀に描かれた国境線はいずれ意味をなさなくなる。国境を越えた結合や、ヒト・モノ・カネの移動の増加に乗じてテロ集団も国際化し、徐々に政治的スローガンのペンキが剝がれ、正真正銘の犯罪集団であることが明らかになっていくだろう。

治安のいい国でも、地下経済が市民生活に徐々に影を落とし、国の活動を邪魔し、骨抜きにしていくだろう。所有権の尊重さえ当然のものではなくなり、偽造も珍しくなくなる。女性、子供、胎児、臓器の商品化が急速に進み、禁制品取引、臓器密売、人身売買、武器密売などがさまざまなレベルで拡大していく。違法行為による売上はすでに八兆ドルに（フランスのGDPのほぼ三倍）、犯罪行為による売上も二兆ドルに達していると推測され、しかも近年急増しており、公式の統計に組み込まざるをえなくなりそうだ。イタリアでは犯罪組織「ンドランゲタ」の売上が二〇一三年に五三〇億ユーロに達した。サイバー犯罪による企業の被害額も年間七五〇〇億ユーロ近くに上っており、今後さらに増えることは間違いない。そして、企業あるいは事実上の権力が大規模な兵力を保持するようになる。

つまり、世界は一九九一年以降のソマリアのようになっていく。この年に内戦が勃発し、ソマリアは事実上の無政府状態に陥った。次いで世界は一九九五年以降のソマリアにも似ていくだろう。この年までに米軍と国連軍が秩序回復の試みに失敗して撤退し、すでにケニア経由ナイジェリアに亡命していた大統領も同年死去。その後、陸地はもちろん沿岸海域でも軍閥、犯罪組織、イスラム原理主義者、その他あらゆる種類のテロリストが跋扈する事態となった。ソマリアはこれからの世界の縮図であり、つまり今、世界の〈ソマリア化〉が進行しつつある。〈ソマリア化〉とはすなわち、パイロットがいない飛行機に乗るようなものだ。いやもっと恐ろしいことに、その飛行機には操縦室さえない！「もはや落とすべき城さえない」と言ってもいい。政府を変えて乗り切ろうと思っても、政府そのものがない、国という形が崩壊しているのである。今わたしたち一人一人に突きつけられているのは、そのような〈ソマリア化〉を甘受するのか、それとも立ち向かうのかという重要な選択である。

第三章〈甘受者＝要求者〉

危機から目をそむけ、要求だけを続ける市民たち

前述のような惨事が間近に迫り、しかも国家は弱体化しているというのに、政治家たちは相変わらず「お任せください」という顔をしている。選挙のたびに方針や公約を並べ立て、もし当選したら、もし政権を握れたら、環境を改善します、格差を是正します、雇用を創出します、景気を回復させます、給付金・補助金を増やします、税額控除を実施しますと約束する。

一方、市民のほうも迫りつつある危機から目をそむけ、政治家を信じてもいないのに信じるふりを続け、期待しているぞと熱い視線を送り、これを優先してくれ、この特例を認めてくれ、もっと優遇してくれと要求する。欧米諸国に限らず、世界中のほとんどの市民がそうしている。そしてある政党に失望すると別の政党へ、それにも失望するとまた別の政党へと移り、そのたびに要求がエスカレートしていく。

いや、市民のこうした態度は今に始まったことではない。実は文明の黎明期から、すべての社会（宗教社会か否かを問わず）、すべての権力（家父長、聖職者、将軍、領主、君主、議員、国家）は、その権限下に置かれた人々にこうした態度をとらせるべくあらゆる手段を講じてきた。すなわち、自分を無力だと思い込み、ゆりかごから墓場まで権力に依存し、自分で何とかしようなどとは考えもせず、その勇気もなく、したがって運命を甘受しつつ、それを少しでもよくしろと権力に対して要求する、そういう状況に人々を追い込んできたのである。

シモン・レイス［訳注4］は「大学は人が本来の姿を見いだす場所であるべきだ」と書いたが、今のほとんどの大学はそうなっていない。学校とは人が学び、自分の立ち位置を知り、自分が何者なのかを知ることによって人生を選ぶ場所だと誰もが思っているだろう。だが実際にはそうなっていない。今の世界をながめてみると、若者の八人に一人が宙ぶらりんな状態にいる。つまり職に就かず、かといって勉学を続けているわけでもなく、職業訓練中でもない。どこの国でも若者の人生の方向づけはうまくいっておらず、結局彼らは惰性で人生を選んでいる。

現代の民主主義国家における市民とは、株価や経済指標によって成長や雇用が決まるのをただ見て

［4］ベルギーの中国学者、作家。中国の古典文学や美術を専門とした。毛沢東主義が流行していた欧州で、文化大革命を最初に批判した知識人の一人。二〇一四年没。

いる存在である。自分がどうにかできるわけではないと思っているし、そのことに疑問をもたない。運命を自ら引き受けるとか、運命をどういう形であれ変えるとか、ゼロから人生を切り開くといったことは自分には無理だと、あるいは縁がないと思っている。だから国に対して自分の身の安全を守ってくれと求め（つまり防衛、警察、保健衛生、教育、雇用を要求し）、最高のサービスを最低の価格で提供せよと求める（つまり税金を減らし、公共支出を増やせと要求する）。彼らは公共サービスのわがままな消費者であり、そうしたサービスを自ら他者に提供することなど考えてもみない。その意味で人々のあいだに連帯感がなく、特に世代が異なるとその傾向が顕著になり、若者たちはその上の世代との連帯責任を拒否している。日本でもギリシャでも、若者の二人に一人が前世代の借金を自分が負うつもりはないと言っている。

わたしはこの人々を〈甘受者＝要求者〉と呼ぶことにする。自分の人生を選ばないことを〝甘受〟し、その代わりに何らかの埋め合わせを〝要求〟する人々だからである。今やこの人々が圧倒的多数であり、しかもそれは民主主義国だけに限らない。

現実逃避は長く続かない

それにしても妙な世の中になったものだ。一見すると個人主義の傾向が強まりつつあるのに、よく見ると個々人が自分の夢を実現することが少なくなり、大多数は豊かさのおこぼれを要求するだけで満足している。それでも「いや、自分は運命を甘受せず、自由に生きている」と思うことがあるとすれば、それは何かの蒐集とか日曜大工といったまがい物の楽しみに没頭するときでしかない。

こうした傾向はとりわけ先進民主主義国の市民に顕著に見られる。投票動向や判断基準にも表れているし、政治家の後ろ向きの態度からもうかがえる。彼らは票のとれない改革にはもはや手を出そうともせず、ただ受けがいい公約を並べ、結局はそれさえ実現できずに終わるのだから。世界のイデオロギーがある種のポピュリズムへと向かっている理由もそこにある。際限なく安全を求め、防護壁のなかに逃げ込もうとするポピュリズムであり、誰もが実体のない確実性にしがみつこうとしている。そのような〈甘受者＝要求者〉の期待に応えるものがあるとすれば、それは庇護を装った全体主義と排外主義だけである。

しかしながら、市場の世界化が進むとともに、国は国民が求めるような保護を提供できなくなり、その点は統制国家であろうと閉鎖的な国であろうと変わらない。したがって、安心安全のポピュリズムも、ナショナリズムも、排外主義も失敗に終わる。

そうなれば市場がさらに国家を侵食し、安全を求めてやまない消費者にますます多くの商品やサービスを提供することになるが、それらは要するに監視の小道具、あるいは権利放棄や忍従の手段でしかない。そうした商品・サービスはすでに市場にあふれている。安全確保、流行追随、体重維持などのための小道具やサービスがそうであり、娯楽という名の現実逃避の手段もそうだ。さらに市場は、人々が時折まがい物の自由や幸福に手を伸ばすのを後押しするので、市場のなかにいる〈甘受者＝要求者〉はいつでも恋愛にふけったり、スポーツに夢中になったり、あるいは日曜大工に精を出すことができる。もっと手っ取り早い方法を望むなら闇市場もある。そこでは何億という人々が、薬物をはじめとする違法な現実逃避手段を消費している。

市場は今のところ国家をよりどころにしているが、それも長くは続かない。多くの国はすでに肥満症で身動きがとれず、格差の是正など望むべくもない。是正しようとしても中流階級の条件を均す程度が関の山だろう。

しかしながら全地球人が〈甘受者＝要求者〉だというわけではない。運命を甘受せず、ただやみくもに要求するのでもなく、自ら運命を引き受け、自ら行動して道を切り開こうとする人々もいる。彼らは〈悪の台頭〉が避けがたいなどとは思ってもいない。世界が〈ソマリア化〉するとも思っていない。また〈甘受者＝要求者〉になるという考えなど頭から追い出してしまう。彼らは一つの芸術作品を思い浮かべるように自分の人生を思い描き、それを選び取ろうとする。

第二部ではそうした人々の冒険を取り上げる。

第二部

新たなルネサンス

自ら問題に立ち向かう人々が出現している

自ら問題に立ち向かう人々

市民の圧倒的多数が〈甘受者＝要求者〉であることは第一部で述べたとおりだが、その一方で現在、いくつもの思想の動きがさまざまな形態の自由を擁護しつつある。また一部の人々は権力に期待せず、自ら問題に立ち向かい、それを克服し、自分で自分の人生を選びはじめている。つまりすでに多くの〈自分になる〉ことが進行中である。彼らは押しつけられた人生を否定し、モノでもサービスでも、人工器官でも政治でも、ただ消費するだけに甘んじることはない。

実は、こうした前向きな変化が起きるのはこれが初めてではなく、一五世紀のヨーロッパでも起きていた。当時のヨーロッパでは教皇、高位聖職者、皇帝、あるいは王侯が人々の魂と身体を意のままにしていた。そして各地の住民は、地元の高位聖職者とその取り巻き、あるいは領主とその兵力に運命を委ねていた。法王と神聖ローマ皇帝はローマ帝国の遺産を奪い合い、今よりはるかに狭い領土しかもたなかった諸王国（フランス王国、カスティーリャ王国、イングランド王国など）は熾烈な領土争い、主導権争いを繰り広げていた。戦争、疫病、火刑台、暴力が各地で蔓延し、多くの人々が巻き込まれた。不寛容がまかり通り、宗教戦争の嵐が吹き荒れた。疫病はどれも治す術がなく、なかでも黒死病が猛威を振るい、次から次へと都市を壊滅状態に追い込んだ。

荒廃と恐怖の世紀の再来が告げられ、著述家たちも今回は過去の例より悲惨なものになるだろうと予言した。彼らの憤りや絶望は、一四世紀末のウスターシュ・デシャン（音楽家、詩人、オルレアン公の賢明な助言者）が書いた「ベルトラン・デュ・ゲクランの死のバラード」、一五世紀前半のジャック・デスパール（名医、パリ教会の尚書長）による権力者の怠慢の糾弾、一五世紀後半のジャン・メシノ（詩人、ブルターニュ公の近侍）の傑作「口を閉ざす者たちのロンデル」などからもうかがえる。つまり当時の人々は恐ろしい時代がやってくると感じていたのであり、ちょうど今のわたしたちのようなものだった。

しかしながら、同時代の他の著述家たちにも目を向けてみると（ペトラルカ［訳注1］、ボッカチオ［訳注2］、アルベルトゥス・マグヌス［訳注3］、トマス・アクィナス［訳注4］、ジャン・ボダン［訳注5］、ピコ・デラ・ミランドラ［訳注6］など）、すでにさまざまな可能性と希望が芽吹いていたことがわかる。ロンバルディアやフランドルの自治都市、ヴェネツィア共和国といった封建領主の支配を脱した地域を中心に、理性の目覚め、豊かさへのあこがれ、思想の動き、身体の解放、ギリシャ・ユダヤ・アラブ思想への回帰、福音書の原典の解読、肖像画の誕生、技術革新（印刷技術、会計技術）などが見られ、そこへ新大陸の発見や新たな社会的主体の出現も重なっていった。新たな社会的主体というのは企業家、商人、金融家、探検家、船主、地図製作者、詩人、音楽家、画家、哲学者、科学者などのことで、こうした人々がヒトとモノを動かし、そのことによって多くの人生に新たな価値を与えはじめていた。

つまり、一五世紀から一六世紀にかけてのルネサンスは、虐殺と、迫害と、中世の断末魔の痙攣のただ中で始まったのである。

【1】一四世紀のイタリアの抒情詩人、人文主義者。

【2】一四世紀のイタリアの作家、人文主義者。『デカメロン』で知られる。

【3】一三世紀のドイツの神学者、自然科学者。アリストテレス哲学を取り入れたことや、錬金術を検証したことで知られる。

【4】一三世紀のイタリアの神学者、哲学者。『神学大全』が有名。

【5】一六世紀のフランスの政治思想家。宗教戦争まっただ中の時期に、王権による国家統一を唱えた。

【6】一五世紀のイタリアの哲学者、人文主義者。人間は自由意志によって何者にでもなれると考えた。

第一章　新たなルネサンスの徴候

世界はチャンスに満ちあふれている

同じことが今起こりつつある。すでに述べたように〈悪の台頭〉と世界の〈ソマリア化〉が避けられないとすれば、逆から言えば世界はチャンスに満ちあふれていることになる。新たなルネサンスも不可能ではない。全人類が〈甘受者＝要求者〉でいることに満足するはずはないのだから。

その徴候をここにいくつか挙げておこう。

世界の人口は今後三〇年でさらに二〇億人増えると予測されているが、新たに追加される二〇億人のほとんどは、さまざまな形で自由と民主主義を求めていくだろう。たとえばインドでは若い世代が社会の一大勢力になっている。人口統計によれば、インドの一五歳から三四歳までの人口は二〇一一年に四億三〇〇〇万人に達し、過去一〇年で二二パーセントも増加した。しかもこの世代の政治意識は高く、九四パーセントが投票は義務だと考えており、この率は世界トップである。人数からいっても意識の高さからいっても、これだけの勢力が社会に影響を与えないはずはなく、すでにインドの若者たちは反汚職・反腐敗運動、女性差別撤廃運動、反レイプ運動、反カースト運動を繰り広げ、社会をよりよいほうに向かわせようとしている。

技術の進歩にも期待できる。新技術が世界にもたらすものが、第一章で述べたような悪いものばかりのはずがない。まず何よりも、わたしたちがさまざまなことを自分で解決する手助けをしてくれるだろう。健康管理、学習、食事、居住、情報交換などをサポートしてくれる。エネルギーの節約も可能にしてくれる。温室効果ガスの排出抑制も可能にしてくれる。苛酷な労働や退屈きわまりない仕事を減らしてくれる。保健衛生から教育まで、保安から司法まで、あらゆる種類のサービスが今より安く、かつ効率的に提供されるようになる。

二〇五〇年以降に生まれてくる人々は、少なくとも一二〇歳、もしかしたら一四〇歳くらいまで長生きできるようになるかもしれない。ハンセン病やデング熱、あるいはリンパ性フィラリア症を含む蠕《ぜん》虫病（現在の患者数は一〇億人以上といわれている）など、多くの感染症の撲滅も期待できる。結核とエイズも二〇五〇年までには撲滅できるかもしれない。エボラ出血熱も抑え込めるだろう。

神経科学研究の発展によって神経変性疾患の治療が進歩し、また教育への応用も進んで個々人の需要に合った教育法を選べるようになるだろう。学習はより民主的なものになり、遊びの感覚も取り入れられていくだろう。名門校の著名な教授の講義を、世界のどこからでもオンラインで聴くことができるようになる。

またセマンティック・ウェブによって数々の相談サービスが自動化され、使いやすくなる。あるいはクラウドコンピューティングによってアプリケーションの可能性が広がり、なかでも教育コンテンツの共有が進む。バーチャルリアリティ技術や遠隔操作による研究が可能になれば、設備のない地域の学生や研究者でも最先端の研究に参加できるようになる。３Ｄプリンターによって誰もが低価格で手に入れられるものが増え、独創的な発想を新製品開発に結びつけることも容易になり、自分で作り、自分で問題を解決するための手段が増えていく。

交通・輸送の自動制御も進み、実用的でありながらエネルギー効率もよいものになるだろう。自動車や電車の自動運転の技術が進めば、渋滞緩和も期待できる。建築物も進化して、自己消費量以上の電力を発電するビルや家が立ち並び、余剰電力をインテリジェントな分散型電力網に投入できるようになる。もしかしたら「屋上農業」が一般化して、農産物についても自給自足可能な建築物が出てくるかもしれない。

中流階級や裕福な金利生活者の増加とともに、その金融資産が投資に回され、高速道路の建設、鉄道の敷設、光ファイバー網の整備、何千もの橋、ダム、病院、大学の建設など、さまざまなプロジェクトの資金調達が容易になるかもしれない。そうなればアフリカ、インド、中南米、インドネシア、フィリピン、アラブ世界でもようやくインフラ整備が進むだろう。

ブラジルではアマゾンの熱帯雨林にベロモンテ・ダムが作られようとしていて、完成すれば中国の三峡ダム、ブラジル・パラグアイ国境のイタイプダムに次ぐ発電量世界第三位の水力発電所となり、国内電力需要の一〇パーセントを供給するようになる。ほかにもコンゴ（インガ3ダム）や中国（チベットのブラマプトラ川とその支流域）などで巨大ダムが構想されていて、環境に配慮した形で完成に漕ぎつけることができれば、何億人もの暮らしが大幅に改善される。

北京では二〇一八年までに世界最大規模の空港が開港する予定で、年間一億三〇〇〇万人もの乗客を受け入れることができるようになる。アラブ首長国連邦では総延長一二〇〇キロの鉄道網が建設中で、完成すれば七つの首長国すべてが鉄道で結ばれる。インドのハイデラバードでは現在建設中の三路線、総延長七二キロの地下鉄（高架式）によって市内の混雑緩和が期待されており、他の都市もこれに続こうとしている。同種の計画は各地にあり、ヨーロッパも、決断さえなされれば、主要都市間に鉄道網、ガス・電気網、デジタル網を張り巡らすことができる。

政治・経済上の自由を求める声も地球全体に広がっていくだろう。民主主義が徐々に専制政治を追い込み、計画経済は市場経済に置き換えられていく。自分で人生を選び、自由に投票し、宗教・非宗教を問わずあらゆる強要に屈することなく、自分が好きなものを消費する、そういう生き方を望む人が増えることは間違いない。これまでにも多くの人々が市場民主主義の普及は必然だと主張してきたが、それもゆえあってのことである。

民主主義が一時的に後退したことは否めないものの、まずはそこで踏みとどまり、また息を吹き返すのではないだろうか。あのソマリアでさえごく最近その徴候が見えてきた。公共サービスはすべて崩壊したままで、反政府勢力アル・シャバブがまだゲリラ戦を続けているが、破綻国家という状態からは脱しつつある。

アル・シャバブは二〇一一年にエチオピア軍とアフリカ連合軍によって首都モガディシュを追われ、その後も一つずつ拠点を失い、今では暫定政府が国の南部と中央部をほぼ掌握している。南部で活動する軍閥アル・スンナ・ワル・ジャマー（ＡＳＷＪ）が暫定政府に加わるなど、反政府勢力との和解も進んでいる。

民主主義はそれが一時的に不在となった、あるいはもともと不在だった国々でも芽を吹き、根を張りつつある。

たとえばフィリピンは、二〇年続いたマルコス体制のあいだ戒厳令、汚職と腐敗、縁故採用に耐えてきたが、人民革命でマルコス政権を倒したあと民主主義を復活させることができた。二〇一〇年に大統領に就任したベニグノ・アキノ三世は汚職や不正と戦い、また南部の反政府武装勢力、モロ・イスラム解放戦線（ＭＩＬＦ）とも歴史的な和平合意署名に漕ぎつけた。

また、コロンビアは長年ゲリラ戦と麻薬戦争に蝕まれていたが、その後全国で秩序が回復し、中南米で最も安定した民主主義国の一つに返り咲いた。かつて麻薬密売組織「メデジン・カルテル」の本拠地だったメデジンも、二〇一三年にはウォールストリートジャーナルで「世界で最も革新的な都市」に選ばれた。

さらにチュニジアも苦しい三年間をどうにか乗り切った。「ジャスミン革命」でベン・アリ独裁政権を倒したものの、その後イスラム主義政党のナハダ党が復活して第一党となったことから混乱が生じ、民主化移行に不安の影が差した。しかしながら二〇一四年一月には新憲法が無事可決・公布され、現在はテクノクラート（実務者）内閣のもとで人民代表議会選挙と大統領選挙を待つばかりとなっている［訳注7］。チュニジアの民主化移行は今後多くの国のモデルとなるだろう。また国家の軌道修正は可能だという証でもある。

地域連携も強化され、参加国にとってよりよい政治環境が整っていくだろう。世界最大規模の市場・経済ブロックとなったEUは、単一通貨ユーロの創設と最近の銀行同盟の始動などによって政治的連携も進みつつある。さらに進んで一種の連邦制にまで発展し、かつそれが存続すれば、世界の超大国にもなりうる。東南アジアではASEANがEUを手本に統合を進めているし、アフリカもアフリカ連合（AU）を軸にして経済協力、政策協力を強化しつつある。

国際社会における「法の支配」［訳注8］の確立さえ、いつかは実現できるかもしれない。もちろん

【7】新憲法の下で行われた二〇一四年一〇月の人民代表議会選挙では、世俗派政党のニダチュニスが第一党となり、続く二〇一四年一二月の大統領選挙でも、ニダチュニス党首のベジ・カイド・エセブシ氏が勝利した。

【8】何人も法以外のものに支配されず、逆に言えば被治者のみならず統治者も法（基本法）に従わなければならないという原理。

そのためには真の国際法と国際法廷の設置がもっと一般的なものになり、人権尊重のみならず、預金者保護、消費者保護、労働者保護、ひいては一般市民の保護といった共通規範の尊重を少しずつでも国々に認めさせることができなければならない。

明るい未来は向こうからやってくるのではない

だがこうした楽観的予測を口にすると、大多数の人々、すなわち人生の傍観者に徹している〈甘受者＝要求者〉はすぐにこう思うだろう。そんなことが可能なら、なにもわざわざ人生を引き受け、苦労し、自らリスクをとらなくてもいいではないかと。そしてますます〝政治の消費者〟に徹し、既存のシステムがこのままずっと続くと信じて疑わず、そのシステムに対して雇用創出、賃上げ、助成金を要求する。つまりいつまでも〈甘受者＝要求者〉でありつづける。

一方、〈甘受者＝要求者〉のなかには〈自分になる〉ことに興味はあるものの、それが可能なのは職業人生の外に出たときだけだと考える人々もいる。彼らはひたすら余暇に意味を見いだそうとし、市民農園で野菜を育て、切手やコインを蒐集する。だがこの人々もまた〈甘受者＝要求者〉でありつづける。なぜなら、生き方を変えるわけではなく、ただシステムから小出しに与えられる余暇を利用して人生を少しましなものにしようとするだけだからだ。

これに対してある少数の人々はこう考える。前述のような楽観的予測が可能だとはいえ、明るい未来が向こうからやってくるわけではない。こちらから探しにいかないかぎり、予測が現実になることはないと。この人々はまだ少ないが、次第に増えていくだろう。彼らにとって自由とは、与えられるのではなく自分の手でつかみとるものであり、貧困とは、自分で富を創造しないかぎり抜け出すことができない状況のことだ。そして彼らにとって人生とは、自分が心を決めさえすれば、一つの芸術作品にもなりうるものである。

この人々はもうすでに運命を甘受することを拒み、他者を頼みにすることもやめている（まだ暗黒と恐怖のなかにあった一五世紀に、すでにそういう人々がいたのと同じように）。彼らが頼みにするのは自分だけだ。〝あなたはこうあってほしい〟という他者の期待や願望からは身をかわして逃げる。横暴な市場原理、見せかけの民主主義、宗教家や軍人による専制など、さまざまな力がわたしたちを支配しようとするが、彼らはそこにわずかな間隙を見つけて自分で自分を支配する。そのために国を離れることもあれば、家族から離れることもある。そして何者にも従うことなく、社会、両親、教師、上司、祭司、政治が彼らのために望み、時に押しつけようとするものとは関係なく、自分の意思と力で、宗教、国籍、愛、学業、職業、居住国、性別、社会的地位を選び取る。

もちろんこの道を行く人々もさまざまで、自己開花や、お仕着せのイメージからの脱却を目指すだけに終わる場合もあれば、芸術家や起業家になる場合もある。自分の幸福と最上の自由を他者への奉仕活動に見いだす人もいて、たとえば社会起業家になったり、公共サービスのほころびを繕うために警察や道路局や学校の代わりを引き受けたりもする。あるいは歴史の動きを加速させるために政界に身を投じ、自分が夢見る自由を、他の人々にも手の届くものにしようと奮闘する人もいる。

つまり、〈自分になる〉ことにはさまざまな形があるので、ここでその一部を紹介しておきたい。これらを見れば、自分にも何かできると思う人がきっと出てくるだろうとわたしは信じている。

第二章　人生の舵をとる人々

前回と同様、今回のルネサンスもその幕開けを準備するのは「人生の舵を自分でとる人々」である。彼らは私生活の範疇で社会による縛りを解く。性的指向を自分で選び、望む相手と結婚し、身体的外観を自分で決め、悪癖を自分で断つ。

そうした事例の増加はルネサンスのかすかな徴候と言えるので、ここでもいくつか挙げておきたい。なかには些末な話としか思えないものもあるだろう。だがいずれも〈自分になる〉ためのヒントであることは間違いない。

○社会の縛りから抜け出た人々

ある人々は、自分が脱線しかかっていることを自覚し、まずは自分を大事にすることで人生の手綱を再び握ろうとする。

ダニエル・ブレラ――環境保護活動家で、二〇〇一年からローザンヌ市長を務めている。若いころは身長一九〇センチ体重八八キロとスリムだったが、いつの間にか一七二キロの巨体になっていた。だが二〇一三年六月に医者から糖尿病の徴候があると告げられたのをきっかけに、以前の体形を取り戻そうと決心し、八か月で七〇キロ近く痩せた。

ナンシー・メイキン――ミシガン州グランドラピッズに住むナンシーは二〇〇〇年に三五〇キロあった。そのせいで自宅に引きこもっていたが、あるきっかけでパソコンをいじりはじめ、インターネットでチャットを楽しむうちに、自分の肥満は孤独のせいでもあると気づいた。幸いインターネットなら容姿をからかわれることもないので、ネット上で積極的に人々とつながるようにしたところ、自然に食べる量が減り、三年で二二五キロ痩せることができた。

ローランス・コッテ――フランスの大企業の管理職だったが、企業幹部も出席するレセプションで酔いつぶれて解雇された。夫の死をきっかけにアルコール中毒になってから一〇年目のことだった。だがその翌日、ローランスはきっぱり酒を断ち、以来一滴も飲んでいない。その後は自らの体験を本にして出版するとともに、アルコール問題と向き合うための国民的な「禁酒の日」を制定しようと多方面に働きかけている。

スティーヴン・キング――一九四七年、メイン州生まれ。苦しい生活のなかで書きつづけ、一九七四年に『キャリー』がヒットして本格的にデビュー、その後もヒット作が続いた。その一方で一九八〇年代になるとアルコール依存が悪化し、薬物依存も加わったが、一九八〇年代末、妻に三人の子供を連れて出ていくと言われて断酒を決意し、「アルコール中毒者更生会」に登録して依存症を克服した。

ジョージ・W・ブッシュ――若いころアルコールと薬物を乱用し、飲酒運転で逮捕されたこともあるが、一九八六年に信仰を新たにして薬物もアルコールも断った。その後本格的に政界に身を投じ、テキサス州知事を経て第四三代アメリカ合衆国大統領になった。

またある人々はもっと難しい選択を迫られ、家族や社会から割り当てられた運命を自力で跳ねのける決意をする。窮地に追い込まれ、決断を余儀なくされて行動に移ることも多い。

たとえば、望まぬ結婚や居住地を強要され、そこから逃れるために思い切って生き方を変える人々がいる。タブーの多いインドでも、文化的、経済的、社会的決定論を捨て、自分の生き方を自分で決める若者が増えてきている。なかでも騒ぎになることが多いのが異カースト間の結婚だが、これもいまだにタブー視され、実際に件数も非常に少ない。それでも年々増えてきているのは確かで、二〇一二年には(これが最新の統計)ダリット(不可触民)とそれより上のカーストの間に九六二三組の夫婦が誕生し、前年比二六・三パーセントの増加となった。

インド人とパキスタン人のあいだの結婚も同様で、両国の対立が続いているにもかかわらず、毎年数千組の夫婦が誕生している。二〇一〇年のインドのプロテニス選手サニア・ミルザと、パキスタンのクリケット選手ショアイブ・マリクの結婚もそうだった。

またある人々は、自分の性的指向を受け入れる決断をする。いつ決断するかは人それぞれで、若いころから同性愛者だと公言する例もあれば、長く異性愛者として暮らしたのちに、ある日生き方を変える例もある。

ハーヴェイ・ミルク——一九三〇年米国ロングアイランド生まれ。すでに海軍に入隊していた青年期に自分は同性愛者だと自覚し、隠さずそう述べたことで除隊させられた。一九七〇年代にサンフランシスコのゲイコミュニティの指導者的存在になり、一九七七年には市議会議員に選ばれ、同性愛者の権利獲得に尽力したが、一九七八年に暗殺された。ゲイ解放運動の象徴的存在とされている。

曾安全《ツォン・アンチュエン》と潘文傑《パン・ウェンジエ》——建築家のツォンと軍人のパンは、二〇一〇年に成都で結婚式を挙げた。中国は二〇〇一年まで同性愛は精神疾患と見なされていた国である。今でもなお同性愛に対する社会の目は厳しく、自ら公言する例は少ない。しかしその中国でも、あえて同性婚を人前で祝う人々がいる。

さらに、それぞれの理由から（そのほうが居心地がいいから、あるいは仕事のためになど）身体とは別の性別で生きる道を選ぶ人もいる。たとえばアメリカで大不況時代に活躍した二人のミュージシャン、ジャズピアニストでサクソフォン奏者のビリー・ティプトンと、ゴスペルシンガーのウィルマー・ブロードナックスは、実は女性だったことが死後になってわかった（ティプトンは一九八九年没、ブロードナックスは一九九四年没）［訳注9］。

もっと厳しい選択をする人々もいる。自分のものとして生きている性、つまり精神上の性に合わせるために身体を変える（性別適合手術を受ける）という選択である。

マリー＝フランス・ガルシア——一九四六年にアルジェリアのオランで男の子として生まれたが、のちに性転換し、女性として生きた。「トランスセクシュアル」という言葉が嫌いで、自分はトランスセクシュアルなのではなく女性だと発言している［訳注10］。職業は歌手、女優。パリのキャバレー「アルカザール」の花形スターとなり、マリリン・モンローのものまねをはじめ、アンドレ・テシネ監督の映画への出演や、ポップミュージックグループのレ・リタ・ミツコとの共演などで話題をさらった。また、同性愛がまだタブーだった一九七〇年代に同性愛革命行動戦線（ＦＨＡＲ）［訳注11］に参加し、同性愛者の権利獲得のために尽力した。

ラナ・ウォシャウスキー――旧称はラリー・ウォシャウスキー。『マトリックス』三部作を監督したウォシャウスキー兄弟の兄のほうである。二〇一二年に性転換し、その後『クラウド アトラス』の解説ビデオに初めてラナという名で女性として登場し、弟と並んで映画を紹介した。

金星《チンシン》――一九六八年に朝鮮系の両親のもとに生まれた。九歳から中国人民解放軍歌舞団に所属して舞踏と軍事の教育を受け、優秀だったため留学生としてアメリカに派遣され、ニューヨークでモダンダンスを学んだ。二六歳で帰国したのちは中国モダンダンスの先駆者となると同時に、人民解放軍大佐にまで昇進した。二九歳で性別適合手術を受けて女性になり、現在はドイツ人の夫と三人の子供とともに上海で暮らしている。

［9］二人が活躍した時代、ジャズもゴスペルも男性が主体であり、女性が最前線で活躍するのは難しかった。二人は音楽で身を立てるために、男性として生きることを選んだと思われる。

［10］インタビューに答えて、「もう女性になったのに、なぜいつまでもそう呼ばれなくちゃいけないの？」と言ったこともある。

［11］一九七一年にフランスで、女性と男性の同性愛者グループが共に戦うために結成した活動団体。

今日、自分のものとは思えない肉体に閉じ込められ、そこからあえて出ようと決意する人は決して少なくない。フランスでも毎年一〇〇人（ほとんどが男性）が性別適合手術を受けている。

以上のような事例以外にも、勇気を出して自力で人生を変えていく無名の人々が大勢いることは言うまでもない。

第三章　芸術家——誰よりも積極的に慣例を打ち破った人々

ある人々はもっと深く、完全に自分であろうとして芸術家になる。

昔から芸術家は〈自分になる〉ことの先頭に立ってきた。彼らが選び取る人生は、そもそも人に選んでもらうことができないものだ。誰よりも積極的に慣例を打ち破り、あえて自分自身であろうとするのが芸術家である。

最初期の偉大な芸術家たちがなぜ創作に向かったのかわかったら、どんなに面白いことだろうか。残念ながら、ラスコーの壁画を描いた人々や、オルメカ文明の奇妙な人頭像を彫った人々、ヨブ記の作者、『イーリアス』と『オデュッセイア』の作者とされるホメロス（実在したとして）、クメール王朝のジャヤーヴァルマン七世の見事な頭部像の作者について、彼らを創作へと駆り立てたものをわたしたちが知ることはないだろう。だがもっとあとの時代の、伝記が書かれている人々についてならわかる。

○親の影響下から飛び立っていった人々

そのなかには親の影響を受けて芸術の道を歩きはじめた人々もいるが、やがてそこから離れて独自の作品を生み出した。

音楽家　アントニオ・ヴィヴァルディ――父親はヴェネツィアの庶民階級の出で、理髪師からヴァイオリニストになった。アントニオはその父から音楽の手ほどきを受けたが、やがて音楽が彼自身にとって「必要不可欠」なものになると、音楽に身をささげるためにいちばん確実な道は何かと考えて聖職者になった。司祭に叙階されてからピエタでヴァイオリンを教えはじめ、やがて作曲家としての名声も手にした。

哲学者　ブレーズ・パスカル――家で父親から教育を受けて育った。つまりパスカルを思索へと導いたのは間違いなく父親であり、それが非凡な才能とあいまって開花した。しかしながら、パスカルは一貫して周囲が推す職業を断りつづけた。ついでに妹のジャクリーヌ・パスカルについても述べておくと、こちらも逆の意味で我が道を行った。ジャクリーヌはピエール・コルネイユも称賛したほどの文才の持ち主で、偉大な劇作家になるだろうといわれていたが、兄の強い反対さえ押し切って信仰の道を選び、修道女になった。

音楽家　ヴォルフガング・アマデウス・モーツァルト――自分で何も考えないうちに音楽家になっていた。父親のレオポルトがザルツブルク大司教（領主司教）の宮廷音楽家で（宮廷副楽長にまで昇進）、その父から音楽の手ほどきを受けた。レオポルトは息子が天才だとすぐに気づき、〝神童〟を連れてヨーロッパ各地の宮廷を巡り歩いて演奏を披露させた。だが何年にも及んだ演奏旅行は単なる〝見せびらかし〟ないし就職活動に終始したのではなく、さらなる教育を受ける機会ともなった。モーツァルトは自ら神童としての扱いを受け入れ、各地の優れた音楽家から学び、彼らを超えることによって、才能をいっそう開花させた。

音楽家　ジョアキーノ・アントーニオ・ロッシーニ――父親がオーケストラ奏者、母親が歌手だったことから、劇場が遊び場という環境で育った。もともと勉強熱心ではなかったが才能があり、一二歳になるかならないかで一家の生計を助けなければならなくなると自らも音楽に身を投じた。その後はほぼ同時代の［訳注12］ハイドンとモーツァルトを学び、喜歌劇『結婚手形』でオペラ作曲家としてもデビュー。さらに作品を重ね、二四歳で『セビリアの理髪師』により名声を得、ウィーンやパリでも活躍してオペラ界に新風を吹き込んだ。だが早くも三七歳で引退し、あとは食道楽に走るなど、好きなように生きた。

哲学者　カール・マルクス――弁護士だった父親から法律で身を立てるよう望まれ、そのための勉強もしていたが、父の病死により法律を捨てて哲学をやると決めた。だがその道をあれほどまで突き進むことになろうとは、その時点では本人も周囲も知る由もなかった。結局マルクスは哲学に生涯をささげ、赤貧生活も厭わず、そのせいで子供のうちの三人を失った。

画家　パブロ・ピカソ――父親が画家で美術教師だった。一五歳でマドリードのサン・フェルナンド美術アカデミーに入学したが、すぐアカデミズムに背を向けて中退。その後は我が道を行き、一九〇七年、二六歳のときに描いた「アヴィニョンの娘たち」で独自の世界観を示し、キュビズムの創始者となった。ピカソはこんな言葉を残している。「人々の目に映っているも

［12］モーツァルトはロッシーニ誕生の前年に、ハイドンは一七年後に没した。

の、つまり現実を突き破るべきだ」、「脚に目を置く。異を唱えること……」。

音楽家　アーヴィング・バーリン――ユダヤ系ロシア人で、イスロエル・イジドル・ベイリンという名で生まれた。父親はユダヤ教の礼拝の主唱者を務めていた。五歳でアメリカに移住してアーヴィング・バーリンになったが、八歳で父を亡くし、まずは路上で靴磨きなどをして生き延びた。その後カフェで歌いはじめ、たちまち才能を発揮して人々に好まれる歌を自ら作曲するようになり、二三歳で「アレキサンダーズ・ラグタイム・バンド」が大ヒットして一躍有名になった。この曲はジャズのスタンダードナンバーとなり、今でも歌われつづけている。

オペラ歌手　マリア・カラス――一九二三年、ニューヨーク生まれ。ギリシャ系移民の子で、本名をマリア・アンナ・チェチリア・ソフィア・カロゲロプロスという。一家は何度も引越し（九年で八回）、マリアも転校（五回）を余儀なくされて友達のいない孤独な子供時代を過ごした。母が聴かせてくれたラジオでオペラと出会い、歌うことで「少しずつコンプレックスを克服できた」と述べている。だがそこからプロへの道を歩ませたのは母親であり、そのために恋愛さえ禁じてすべてを歌に賭けさせようとした。マリアは長い年月母との確執に苦しみ、そのなかで歴史に名を残すプリマドンナになっていった。

現代美術家　村上隆――一九六二年東京生まれのポップアーティスト。タクシー運転手をしながら造形活動を続けていた父親の影響で芸術の道を選んだ。大学では日本画を学んだが、やがて現代日本のサブカルチャーを芸術に取り入れ、アニメやマンガの「カワイイ」文化を題材にした独自の作風を生み出した。

○社会と決別することで道を切り開いた人々

だが多くの芸術家は、逆に家族や出身階層、社会と決別することによって自分の道を切り開いてきた。なかにはそのために命を落とした例もある。

作曲家　ビンゲンのヒルデガルト——ライン宮中伯領の貴族の第一〇子に生まれ、修道女として教育を受けた。やがて女子修道院長になると大胆な行動に出て、幻視体験を執筆して法王や皇帝から注目されたり、各地の王侯に説教をするため旅に出たり、自ら典礼用の曲を作ったりしてその名を知られるようになった。

画家　カラヴァッジョ——石工の息子に生まれたが、庶民や犯罪者をモデルに絵を描き、歴史に名を残すほどの大画家になった。カラヴァッジョ自身も殺人の罪に問われ、ローマから逃げ出した。その後も各地を転々としながら絵を描きつづけたが、数年後にイタリアの海岸で命を落とした。殺されたという説もある。

哲学者　ジョルダーノ・ブルーノ——若くしてドミニコ会修道士となったが、さまざまな理由から異端と疑われて各国を放浪する生涯を送った。並外れた著述家で、シェークスピアにも影響を与えたといわれている。天文学にも秀で、地動説を擁護したばかりか、太陽でさえ宇宙の中心ではない、数多くの銀河の一つにすぎないと主張してとうとう異端の判決を受け、教皇の命により一六〇〇年二月一七日にローマで火刑に処せられた。

作家　ドゥニ・ディドロ——父親からは司祭になれと言われたが、それに逆らって作家になった。それもただの作家ではない。無神論を唱える大作家であり、まさに教会の敵である。実際、危険人物として短期間投獄されてからは、フランスでの出版をあきらめざるをえなくなった。

詩人　フリードリヒ・ヘルダーリン——一七七〇年に

説教師の長男に生まれたが、幼いときに父が死去し、その後母の再婚相手も死去し、弟や妹も相次いで四人死去したことから死の不安におののいた。母親からは神職に就くように言われたが、これを拒否し、大学を出ると家庭教師をしながら執筆する生活を始めた。一七九六年にフランクフルトの銀行家ヤーコブ・ゴンタルトの息子の家庭教師となり、そこでゴンタルト夫人ズゼッテに恋をし、霊感を刺激されて書簡体小説『ヒュペーリオン』や数々の詩を書いた。だが一七九八年にこの恋愛がゴンタルトの知るところとなったためフランクフルトを離れ、その後はスイスやフランスを転々とし、心身ともに疲弊していった。そしてようやくドイツに戻った一八〇二年にズゼッテの死を知り、精神を病んでしまう。一八〇六年にテューービンゲン大学で精神病の診断を受けたのち、『ヒュペーリオン』の愛読者の家に引き取られ、一八四三年に死ぬまでその家の塔のなかで過ごした。

芸術家　ジョゼフ＝フェルディナン・シュヴァル――一八三六年、フランスのドローム県生まれ。一三歳から働きはじめ、まずパン職人、それから農夫などを経て、二八歳で郵便配達員になった。芸術とは無縁の暮らしだったが、四三歳から石を拾ってきては積み上げるようになり、その後の子供の死や異国への夢にも触発されて作業を続け、とうとう三三年かけて巨大な宮殿「理想宮」を築き上げた。この宮殿はのちに「アール・ブリュット（生の芸術）」の一つと見なされるようになる。アール・ブリュットとはジャン・デュビュッフェによる造語で、デュビュッフェ自身はこう説明している。「芸術は誰かが用意した寝床にやってきて身を横たえたりはしない。芸術は誰かが名をつけたとたんに逃げ出してしまう。芸術が好むのは人に知られずにいることであり、芸術にとって最良の時とは自分の名を忘れているときである」

画家　フィンセント・ファン・ゴッホ――一八五三年

にオランダの牧師の家に生まれた。一六歳のときに叔父の一人がハーグで経営していた画廊で働きはじめ、絵画への興味を深めた。だが芸術が金儲けの手段となっていることに反感を覚え、やがて画廊からも解雇され、オランダを離れて一時イギリスで教師をした。その後聖職者になろうとしたが、挫折し、両親とも仲違いしてしまう。三〇歳ごろから本格的に絵を描きはじめ、その後は弟のテオだけに支えられ、狂気に倒れるまで描きつづけた。

詩人　アルチュール・ランボー——軍人の家に生まれたが、父は家を出てしまい、口やかましい母に育てられた。父の不在と厳格な母のもと、たまたま手にした教材や書物で詩に出会った。何度も家出を繰り返したあと、一六歳のときにシャルルロワで記者になろうとしたが失敗。一七歳でパリに出て、ポール・ヴェルレーヌ、テオドール・ド・バンヴィル、ステファヌ・マラルメ、フランソワ・コッペといった名だたる詩人たちと出会い、自らも「酔いどれ船」をはじめとする詩を書いた。しかし二〇歳で詩を捨て、三年後にはオランダ植民地軍に入隊するがすぐに脱走。その後もさまざまな職を転々とし、スウェーデンの製材所で働いたりもした。三一歳でエチオピアの武器商人になり、骨肉種が悪化してフランスに帰国するまでエチオピアにとどまり、帰国後マルセイユで三七年の短い生涯を終えた。

画家　アンリ・マティス——一九歳のときに虫垂炎をこじらせ、療養中に絵が好きだった母から絵具箱をもらったのがきっかけで絵画に目覚めた。一年後に法律の勉強を放棄し、穀物商だった父親の反対を押し切って画家への道を歩みはじめた。一八九二年からパリのエコール・デ・ボザールの教授だったギュスターヴ・モローの指導を受け、一八九六年に二七歳でサロン・デ・サンに初出品した。

彫刻家　カミーユ・クローデル——一八六四年にエーヌ県のブルジョアの家庭に生まれた。一〇代で彫刻家のアルフレッド・ブーシェに才能を認められ、本格的に彫刻を学ぶために母の反対を押し切ってパリに出た。一九歳でオーギュスト・ロダンの弟子となり、愛人の一人となり、芸術的霊感の源ともなった。しかしいつまで経っても〝ロダンの弟子〟としか見なされず、また裸婦像によって【訳注13】世間からも冷たい目で見られ、やがてロダンにも捨てられて精神を病み、四八歳でパリ郊外のヴィル＝エヴラール精神病院に収容された。家族にも見放され、たまに見舞いに来ていた外交官で作家の弟ポール・クローデルからも助けを得られないまま、アヴィニョン近郊のモンファヴェの精神病院で七八歳の生涯を閉じた。

画家　フリーダ・カーロ——一九〇七年にメキシコの裕福な家庭に生まれた。六歳でポリオにかかって右脚が不自由になり、「義足のフリーダ」とあだ名された。学校の成績は優秀で、医者になりたいと思っていたが、一八歳で交通事故に巻き込まれて重傷を負い、長期入院と後遺症によりあきらめざるをえなかった。だがそれを機に本格的に絵を描きはじめて画家になり、自画像を中心に多くの作品を世に残した。

作家　チャールズ・ブコウスキー——一九二〇年ドイツ生まれ。一家の移住により子供時代をロサンゼルスの貧民街で過ごし、失業続きで苛立つ父親から虐待を受けた。一〇歳のとき、学校で作文を褒められてクラス全員の前で読まされ、自分は作家になれると思った。一六歳で父親と衝突して家を出ると、郵便局や倉庫の仕事をしながら小説や詩を書きつづけた。だが成功を収めたのは五〇歳になってからで、『ブコウスキー・ノート』が評判となり、アメリカ、次いでヨーロッパで名声を得てようやく専業作家になった。

作家　ジャネット・フレイム——一九二四年にニュー

ジーランドの労働者階級の家庭に生まれた。五人兄弟の三番目で、幼いころから文学に熱を上げたが、両親の希望で教師になる勉強をさせられた。姉二人を事故で失ったショックから精神が不安定になり、二一歳で自殺を図る。その後統合失調症と診断され、八年のあいだに二〇〇回以上も電気ショック療法を受けさせられた。だがジャネットはこの時期に書きはじめ、二七歳で文学賞を受賞した。ちょうどロボトミー手術が予定されていた時期で、受賞によりからくも手術を逃れた。治療から解放されたジャネットは、一三の長編小説、数々の短篇、詩、自伝を世に出した。

作家　三島由紀夫——一九二五年東京生まれ。本名、平岡公威。教養豊かで貴族趣味の祖母に育てられた。子供のころから詩歌や短篇を書き、一六歳のときに早くも三島由紀夫名で短篇小説を発表した。戦後も次々と作品が文芸誌に掲載されたが、そこに見られる同性愛嗜好を懸念した父の強い勧めで大蔵省入りする。しかし二三歳でその職を捨てて執筆に専念し、二四歳のときに同性愛を扱った自伝的小説『仮面の告白』で作家としての地位を確立した。一九七〇年一一月二五日、陸上自衛隊市ヶ谷駐屯地で総監を人質にとって籠城し、自衛官を集めて決起を呼びかける演説を行ったのちに割腹自決した。

ロック・ミュージシャン　カート・コバーン——混沌とした家庭環境と、アバディーンという町の社会文化的抑圧のなかで育ったが、まずはヘヴィメタル、次い

[13] 当時、裸体像（男女を問わず）は女性芸術家が取り上げるべきモチーフではなかった。しかもカミーユは女性のエロティシズムを表現し、これはまさにタブーを犯す行為だった。

でパンクロック（メルヴィンズのリーダーと出会ったのがきっかけ）を知って興味をもった。高校を中退したことで母親に家を追い出され、その高校の清掃員をして食いつなぎながらミュージシャンを目指した。一九八五年からいくつかバンドを組んで失敗したのち、一九八九年にニルヴァーナを結成し、初アルバム『ブリーチ』をリリース。一九九一年にはメジャー・デビューを果たして大成功を収め、ロックの流れを変えた。一九九四年四月五日に二七歳で自殺した。

○ただひたすら我が道を行った人々

あるいは、周囲の支援も反対もなく、ただ我が道を行ったという芸術家もいる。彼らは自分の芸術だけを頼りに、信念をもち、あらゆる障害を乗り越えて道を切り開いた。

リズム・アンド・ブルース・ミュージシャン　レイ・チャールズ――一九三〇年生まれ。フロリダ州グリーンヴィルの貧しい家庭で育った。のちに自ら「体のなかに音楽を抱えて生まれてきた」と語ったが、まさにそのとおりで、三歳のとき音楽が流れてくるカフェに飛び込んでピアニストの膝に這い上がり、一緒に弾こうとしたという。七歳で視力を失い、盲学校に通いはじめ、そこでクラリネット、作曲、ピアノ、サクソフォンを習い覚えた。一五歳で母を失って独りになると、学校をやめ、クラブで演奏したり歌ったりして稼いだ。一九歳のときに「コンフェッション・ブルース」でレコードデビューし、やがてリズム・アンド・ブルースの巨匠となって「ソウル・ミュージックの神」と呼ばれた。

ロック・ミュージシャン　ジョン・レノン――ビートルズの他のメンバー同様イギリスの労働者階級の生まれ。実の両親と暮らすことができず、伯母に育てられた。学校では問題児で喧嘩沙汰が絶えず、卒業資格も得られず、その後校長の取り計らいで美術学校に進んだものの、興味はもてなかった。結局のところ、一九五六年に一六歳でエルヴィス・プレスリーを聴いてギターを弾きはじめたときから、ジョンはロックンロールのためだけに生きたのであり、それ以外のすべては「うそっぱち」だった。

現代美術家　ジャン゠ミシェル・バスキア――一九六〇年にニューヨークのブルックリンで生まれた。ハイチ（会計士の父親）とプエルトリコ（母親）の血を引いている。幼いころから絵が好きで、ブルックリン美術館とニューヨーク近代美術館に足繁く通った。一七歳からマンハッタンのあちこちの壁に「SAMO」のサインでスプレーペインティングを描いてまわり、それが評価されて個展を開くことになった。「モナ・リザ」をはじめ、絵と文字と組み合わせたコラージュ的な作品で夢見ていた富と名声を手に入れたが、薬物中毒により二七歳の若さで命を落とし、本当に評価されたのは死後のことだった。

現代美術家　ダミアン・ハースト――イングランド北部のリーズで、コンテンポラリー・アートとは無縁の環境に育った。父親は機械工、母親は事務員。父親が家を出たことから素行不良になり、逮捕されたこともある。だが絵だけは好きで、リーズのジェイコブ・クレイマー・カレッジ・オブ・アートで一年学び、その後ロンドンの工事現場で二年間働いてから、改めてロンドン大学のゴールドスミス・カレッジでファインアートを学んだ。どちらのカレッジも一度入学を断られたが、あきらめなかった。一九八〇年代末に美術収集家チャールズ・サーチの目に留まって有名になり、今日ではヤング・ブリティッシュ・アーティスト（YBAs）［訳注14］のリーダー的存在と目されている。

現代美術家　ジェフ・クーンズ――中流家庭の生まれで、父親はインテリアデザイナー、母親は裁縫師だった。画家になるという強い意志があったわけではないが、メリーランドとシカゴで絵画を学んだ。シカゴでは在学中に「シカゴ・イマジスト」の一人であるエド・パシュケと出会って感化され、アシスタントになった。卒業後はニューヨークに移り、まずニューヨーク近代美術館で働き、次いでウォール街で商品ブローカーの仕事をしながらアートで身を立てる準備をした。一九八四年からは創作に専念し、キッチュな作品で知られるようになり、一九八五年には画廊「インターナショナル・ウィズ・モニュメント」で初の個展が開かれた。

現代美術家　艾未未《アイ・ウェイウェイ》――中国の前衛芸術を代表するクリエーターの一人。まだ幼かった文化大革命の時代に、著名な詩人である父親の艾青《アイ・チン》とともに労働改造所に入れられた。その後も一九歳までに何度も労働改造所を経験している。一九七八年に北京電影学院に入学し、同年末の「民主の壁」運動に参加したが、民主運動家の魏京生《ウェイ・チンシャン》が有罪判決を受ける事態となり、政治運動からは手を引かざるをえなくなった。それを機に、一九八一年にアメリカに渡ってニューヨークのパーソンズ・スクール・オブ・デザインで学び、ジャスパー・ジョーンズ、アンディ・ウォーホル、マルセル・デュシャンらの作品から影響を受けた。

○人に助けられながら自分の道を見つけた人々

さて、〝自力で〟とばかり書いてきたが、誰かに助けられて初めて自分の道を見つけることができた芸術家も大勢いる。〈自分になる〉ことに他者がどうかかわりうるかを教えてくれる好例である。

画家　ポール・ゴーギャン――幼いころペルーで数年過ごした経験をもつ。一七歳で船員になり、一八七一年に二三歳で株式仲買商ベルタンの店で働きはじめた。このベルタンを紹介してくれたのが母の友人で美術収集家でもあったギュスターブ・アローザで、ゴーギャンはこの人物を介して絵画と出合い、自分も絵筆をとって学びはじめた。一八七四年にはカミーユ・ピサロをはじめとする印象派の画家たちと出会い、衝撃を受けるが、この時点では画家になることなど考えもしなかった。「毎日描く」ことを決意したのは一八八二年の株の大暴落を目の当たりにしたあとのことである。案の定八か月で食べていけなくなり、デンマークの妻の実家に転がり込んだ。だが稼ぎがないうえに、絵を描くことしか頭になかったため周囲から疎まれ、とうとう家族を捨ててパリに戻り、そこから紆余曲折を経てタヒチへ、さらにはマルキーズ諸島へと、長い道のりをたどることになった。

作家・社会福祉活動家　ヘレン・ケラー――一八八〇年にアラバマ州の名家に生まれ、生後一九か月で聴力、視力、言葉を失った。一八八六年に、母親がチャールズ・ディケンズの『アメリカ紀行』に出てくるローラ・ブリッジマンの話を知って感銘を受け、アレクサンダー・グラハム・ベル（当時は聴覚障害児の教育について研究をしていた）の助言を求めた。そのベルの紹介で、パーキンズ盲学校の卒業生であり、自らも視覚障害をもつアン・サリヴァンが派遣されてきた。並外れた知性の持ち主だったヘレン・ケラーは、サリヴァンの指導により三重苦を乗り越え、一九〇四年に視覚と聴覚の重複障害者として初めて文学士の称号を授与された。その後著作家としても有名になるが、ヘレンの文学的才能に最初に注目したのはマーク・トウェインである。ヘレンは生涯に一二冊の本を書き、また婦人参政権運動にも積極的に参加した。

［14］一九九〇年代のイギリス美術界をリードした若手アーティストたちの総称。動物の死体を素材にするなど、刺激的な作品を生み出した。

芸術家　ジュディス・スコット――人生のすべてを双子の姉ジョイスに負っていたと言っていいだろう。二人は一九四三年、オハイオ州に生まれたが、ジュディスのほうはダウン症を患い、しかも耳が聞こえず、話すこともできなかったため、周囲から重度の知的障害者と思われてしまった。両親は一九五〇年にジュディスを施設に入れた。だがその一六年後、姉のジョイスが奔走してジュディスの後見人となり、施設から引き取ってカリフォルニアに連れていき、オークランドのクリエイティブ・グロウス・アートセンターに登録させた。ジュディスはそこでたまたまシルヴィア・セヴンティのファイバーアートのクラスに出て、繊維を使ったアートという発想を得て独自の作品を作りはじめた。その才能はたちまち周囲の知るところとなり、ジュディスには望むかぎりの素材を使って思うように制作する自由が与えられ、またたたく間に引っぱりだこのクリエーターになった。

現代美術家　マウリツィオ・カテラン――一九六〇年、パドバの庶民階級の生まれ。芸術の教育など受けたこともない。家具職人になり、木製家具を作ってイタリアのインダストリアルデザイナーたちに売り込んでいたが、そのなかにエットーレ・ソットサスがいて、マウリツィオの才能に目をとめ、可能性を引き出してくれた。コンセプチュアル・アーティストとなったカテランがどんな仕事をしているかというと、たとえばニューヨークにロング・ギャラリー（Wrong Gallery）を作ったが、これは非常に小さいギャラリーで、しかもいつも閉まっている！［訳注15］

ジャズ・ピアニスト　ヤロン・ヘルマン――一九八一年イスラエル生まれ。将来を嘱望されたバスケット選手だったが、一六歳で足の怪我により選手生命を断たれ、そこからピアノを始めた。しかしたぐいまれな指導者オフェール・ブライエを師に迎え、即興演奏を習得すると、二一歳で早くもアルバムデビューに漕ぎつけた。今やジャズ界の新世代を代表するピアニストの一人である。

ヴァイオリニスト　ルノー・カピュソン——フランスのサヴォア県の、音楽とは縁もゆかりもない公務員の家に生まれたが、四歳から何人もの著名なヴァイオリニスト、音楽祭の主催者、さらには指揮者のもとで腕を磨いた結果、三五歳のときには世界でも指折りのヴァイオリニストになっていた。弟も同じ方法でチェロ奏者になった。

ここに挙げたのは、今日の世界に息吹を与えてくれている著名な芸術家たちのほんの一部でしかない。ほかにも数えきれないほどの芸術家が世界中にいて、音楽、絵画、彫刻、演劇、著述等々、さまざまな分野で創作活動を続けている。その人数、活動の多様性、創意、大胆な試みを見ていると、新たなルネサンスが近づきつつある可能性を、そして〈自分になる〉ことの可能性を感じずにはいられない。

[15] THE WRONG GALLERY と書かれたガラス扉の奥にわずか七五センチ四方の空間があるだけというミニ・ギャラリー。これ自体がアートであり、ジョークでもある。時々著名なアーティストがこの小さな空間に作品を展示するが、基本的にはいつも「閉まって」いる。二〇〇五年末にロンドンの近現代美術館テート・モダンに移された。

第四章　起業家――一から事業を起こす人々

ある人々はお仕着せの人生から抜け出すために、芸術とは異なる形の創造に、すなわち事業という創造に身を投じる。

人に雇われるのではなく、誰かから事業を引き継ぐのでもなく、自分で一から事業を起こそうと彼らが思うのはいったいなぜなのだろうか。彼らの思考のメカニズムは、人を芸術へと駆り立てるメカニズムと同じくらい不思議である。それは時には偶然で、時には必然だが、いずれにしても特別なエネルギーを要する。何か特殊な分野を切り開くという起業もあるが、多くの場合まず自分自身の主人でありたいという思いから出発する。また成功を求めてのことでもあるだろう。

○事業という創造の世界に身を投じた人々

一四世紀のブリュージュの商人や一五世紀のヴェネツィアの豪商を引き合いに出すまでもなく、自ら望み、決断する人にとって起業は決して夢ではない。その証拠ならいくらでもある。

"発明王" トーマス・エジソン――一八四七年にオハイオ州の貧しい移民の家に生まれ、一三歳までに聴覚をほぼ失った。最初の仕事はミシガン州の鉄道会社の新聞売りだった。事業などとは無縁の環境にいたが、子供のころから我が道を行くタイプで、周囲が勧める職業に就くことはなかった。勉強はほとんど独学で、物理学と化学に夢中になり、一七歳で簡単な自動電信機、二一歳で電気投票記録機、二二歳で株式相場表示機を発明し、発明家としての人生を歩きだした。三〇歳で蓄音機を実用化し、三一歳（一八七八年）でエジソン電気照明会社を立ち上げ（これがのちのゼネラル・エレクトリック社の一部となる）、翌一八七九年には白熱電球を実用化している。会社が大きくなっても常に新しいものを追い求め、生涯におよそ一一〇〇もの発明をし、集まってきた若い技術者たちにも起業を勧めた。

"自動車王" ヘンリー・フォード――一八六三年にミシガン州ディアボーン（デトロイトの西）のアイルランド系農民の子に生まれ、一六歳で見習い機械工になり、その後蒸気機関の修理工や時計の修理工としても働いた。二八歳でエジソン電気照明会社の機械技師になると、空き時間を利用してガソリンエンジンで動く自動車を製作した。そのことをエジソンに話すと大いに励まされ、数年後に会社を辞めて自動車会社を立ち上げたがわずか二年で倒産した。その後も二回失敗したがあきらめず、一九〇三年にフォード・モーター・カンパニーを設立。一九〇八年にT型フォードを世に出し、これが一九二七年までに一五〇〇万台も売れた。

銀行家 ジークムント・ウォーバーグ――一九〇二年

にドイツ系ユダヤ財閥のウォーバーグ家に生まれた。一七世紀には王侯の顧問も務めた家柄だが、一九二〇年代に没落し、ジークムントがナチスの迫害を逃れてロンドンに移住したときには名前以外に何の財産もなかった。ロンドンではまず小さい金融会社を設立し、イギリスの武器調達のための資金繰りに知恵を絞った。戦後は投資銀行S・G・ウォーバーグを設立し、これが二〇年も経たないうちにシティ最大の投資銀行に成長した。ウォーバーグは初めて敵対的株式公開買付をやってのけたことで有名で、またユーロダラー市場の生みの親でもある。

投資家・哲学者　ジョージ・ソロス——一九三〇年にブダペストでユダヤ系の家庭に生まれた。本名（ハンガリー名）はショロシュ・ジェルジ。一九四七年にロンドンに亡命して哲学を学び、著名な科学哲学者カール・ポパーの助手となった。だが研究を続けるためにウェイター、プール監視員、ポーター、土産物の販売員などをしなければならず、もっと稼ぐ方法はないものかと考えた。そこでシティのあらゆる金融機関に手紙を送ったところ、シンガー&フリードランダー社に職が見つかり、一九五三年に入社。ここで働きながら研究を続けた。一九五四年に哲学の博士号を取得し、一九五六年にニューヨークに移住してウォール街で働きはじめる。やがてソロス・ファンド（のちのクォンタム・ファンド）を設立し、世界で最も有名な投資家の一人となった（運用資産二八六億ドル）。その後は慈善事業にも力を入れ、資本主義的自由市場について客観的な分析を披露することもあり、今もなお投資家である以前に哲学者だと自負している。

実業家　スティーブ・ジョブズ——養子としてジョブズ夫妻に引き取られたが、その際に実の母親が条件にしたのは大学教育を受けさせることだった。高校生のころから友人のスティーブ・ウォズニアックと家のガレージで電子回路を手作りしていた。一七歳でオレゴン州のリード大学に進学し、学費が高かったため両親は蓄えのすべてを投げ出すことになったが、ジョブズは半年通っただけで退屈して中退してしまった。しばらくカリグラフィーなど興味のある授業だけをもぐりで聴講したのち、アタリ社にエンジニアとして入社。二年ほど働いたころに、シリコンバレーで結成されたホームブリュー・コンピューター・クラブ［訳注16］に顔を出し、そこでパーソナルコンピューターの可能性を知って、一九七六年にウォズニアックとともにアップル社を設立した。

実業家　インドラ・ヌーイ――一九五五年にインドのチェンナイ（マドラス）の中流家庭に生まれた。地元の大学で数学、物理学、化学を修め、優秀な成績で卒業したあと、カルカッタのインド経営大学院とアメリカのエール大学大学院で経営を学んだ。卒業後の一九八〇年からボストン・コンサルティング・グループなどで経験を積み、「女性であり、移民であり、有色人種であることが物事を三倍ややこしくする」と身をもって体験した。一九九四年に食品・飲料業界で世界第二位のペプシコに入社して企業戦略を担当し、二〇〇一年に社長、二〇〇六年にCEOに就任した。二〇〇八年以降、フォーブス誌の「世界で最も影響力のある女性」に選ばれつづけている。

実業家　マルク・シモンチーニ――一九六三年にマルセイユの貧困地区で生まれた。一九八四年、大学で情報科学を学んでいたときに、ミニテル［訳注17］のアプリケーションを作っていた小さい会社で研修を受け、起業への情熱をかき立てられた。さっそく翌一九八五

［16］一九七五年から一九八六年までシリコンバレーで活動していた、コンピューターを趣味とする人々の団体。

年にミニテル向けサービスを専門とする最初の会社を立ち上げ、次いで個人向けのホスティングサービスiFranceで成功した。二〇〇〇年にこれをヴィヴェンディ社に売り、その資金で立ち上げたのが、フランスで大人気となった恋人紹介サイト、ミーティック（Meetic）である。ある食事の席で、独身の友人たちが結婚相手を探す機会がないとぼやくのを聞き、このウェブサイトを思いついたという。

●DIYの精神で起業する人々のための情報

「自分のことは自分でやろう」、つまりDIYのニーズに応えて会社を立ち上げる起業家も少なくない。

フランス人はブリコラージュ（日曜大工）が大好きで、住まいに関するちょっとした仕事は何でも自分でやりたがる。実際に経験があるという人が八〇パーセントに上り、世帯当たりの日曜大工製品への支出額も年間九四〇ユーロになる（二〇一三年の数字）。アメリカでも、個人住宅のリフォームの七〇パーセントが所有者自身の手で――たいていは家族や友人の助けを借りて――行われている（こちらも二〇一三年の数字）。

今日ではネット上でいくらでも助けが得られるので（組立図、映像による説明、ブログでの事例紹介等々）、日曜大工は以前よりずっと身近なものになった。たとえばユタ州のインテリアデザイナー、ブルック・ウルリッチが立ち上げた「オール・シングス・スリフティ（All Things Thrifty）」も人気のウェブサイトだ。「スプレー塗料の使い方」といった見出しごとに作業手順やコツが数多くの写真とともにわかりやすく紹介されていて、画像共有サイトのピンタレスト（Pinterest）でも何万というユーザーに共有されている。

イギリスでは毎年数十万人が自分で飲むためにビールを手造りしている。ビール醸造キットを製造販売しているマントン社は、二〇一二年にイギリスでおよそ五〇万セットを販売し、これは二〇〇七年の倍以上だった。

最近アメリカで始まったメイカーズムーブメント

(Makers Movement) もDIYを支えている。誰でもものづくりできる時代が来たという発想から生まれた活動で、テクノロジーを自在に使ってDIYの範囲を拡大し、一般工芸品はもちろん、電子機器、ロボットに至るまで手作りしようとする人々が参加している。

実践者であるメイカー (Maker) たちはブログ「ボーインボーイン (Boing Boing)」や専門雑誌「メイク (Make)」で情報交換している。またアメリカのアーティザンズ・アサイラム (職人の隠れ家) やフランスのファブリック・デュ・ポナン (西方の製作所) といった、企業や非営利団体が提供する場所に定期的に集まったり、メイカーフェア (Maker Faire) と呼ばれるものづくりの展示発表会に参加したりして、ともに学び、互いにアイディアを出し合っている。

メイカーフェアは職人、エンジニア、発明家、DIY愛好者などが集まって発明品や製作技術を紹介する場で、二〇〇六年にアメリカで始まったが、今では世界各国で開催されている。フランスのファブリック・デュ・ポナンも、二〇一二年のサン＝トゥアンを皮切りにフランス各地でイベントを開催している。会場に数千人が集まって、助け合いながら自転車修理をしたり、家庭用のエネルギー消費モニターを作ったり、放置された空き地を緑化するための種団子を作ったり、パンを焼いたりする、いわばDIYの祭典である。

◯その他の起業家たち

ほかにもさまざまな起業家がいる。

[17] フランステレコムが一九八二年から二〇一二年まで提供していたビデオテックスシステムの端末の名称。初期の情報通信サービスとしてフランスで大成功を収め、インターネット時代になっても使われつづけた。

実業家　モ・イブラヒム――一九四六年にスーダン北部の極貧の村に生まれた。奨学金を得てエジプトの大学で電気工学を、イギリスの大学院で電子工学を学び、さらにバーミンガム大学で移動体通信の博士号を取得すると、ブリティッシュ・テレコムに入社して八年間働いた。一九八九年に〝運命を切り開く〟決意をし、ソフトウェア開発のコンサルタント会社、モバイル・システムズ・インターナショナル（ＭＳＩ）を設立し、ヨーロッパでもアメリカでも大成功を収めた。一九九八年には携帯通信会社セルテル（Celtel）――のちのザイン（Zain）――を設立してアフリカ一五か国を携帯電話網でつなぎ、アフリカの電気通信市場をリードした。

コラムニスト　アリアナ・ハフィントン――一九五〇年にアテネの農家に生まれた。ケンブリッジ大学を卒業したのち、一九七三年に当時のウーマンリブを告発する本を出版して注目された。一九九〇年代には夫のマイケル・ハフィントン（保守派の政治家）を支える形で政界に顔を出すようになり、一九九八年のモニカ・ルインスキー事件の際にはビル・クリントンの辞任を訴え、Resignation.com というウェブサイトを立ち上げた。二〇〇三年に独立候補者としてカリフォルニア州知事選挙に出馬し、アーノルド・シュワルツェネッガーに対抗したが、途中で撤退。二〇〇五年には自動車メーカーに代替燃料自動車の開発製造を促すため、「デトロイト・プロジェクト」という運動を共同で立ち上げた。同年創設したニュースサイト「ハフィントン・ポスト」はリベラルな論調で知られ、アメリカで最も人気のあるニュースサイトの一つになっている。

テレビ番組司会者・プロデューサー　オプラ・ウィンフリー――一九四五年ミシシッピ州生まれ。母子家庭で育ち、母親は家政婦をしていた。九歳のころから複数の親戚の性的虐待を受け、一四歳で妊娠、出産した

（子供は一週間後に死亡）。才気煥発で、特に話のうまさと表現力で群を抜いていたため、早くも一五歳でナッシュビルのラジオ局に出演し、夏休みには研修も受けた。一七歳からテレビ局のキャスターも務めるようになり、黒人女性キャスターの草分けとなった。一九八六年から二〇一一年までアメリカで人気ナンバーワンのトーク番組「オプラ・ウィンフリー・ショー」で司会を務め、その後自分の放送局を開いた。

実業家　キラン・マズムダル＝ショウ——一九五三年バンガロール生まれ。醸造家だった父親が娘に同じ道を歩ませようとし、バンガロールで生物学と動物学を、メルボルンで醸造学を学ばせた。帰国後は醸造会社の技術職を渡り歩いたが、どの会社でも女性をマスターブリュワーにすることはできないと言われた。そこで一九七八年に自らバイオコンを創業し、醸造技術を用いて酵素を作る酵素ビジネスに打って出た。自宅ガレージで、資本金わずか一〇〇ドルからのスタートだったが、やがて医薬品分野にも進出し、インドのバイオテクノロジーのトップ企業に成長した。現在の従業員は五〇〇〇人を超えている。

実業家　張欣《チャン・シン》——一九六五年に北京でミャンマー系移民の子として生まれた。その後両親が離婚し、貧しい母子家庭で育ち、一四歳で香港に移住。五年間工場のラインで働いて学費を稼ぎ、イギリスに留学した。一九九二年にケンブリッジ大学で経済学の修士号を取得。その後は香港の投資銀行やニューヨークのゴールドマンサックスで働き、四〇歳で夫とともにソーホー・チャイナを設立し、中国トップの不動産開発会社に育て上げた。二〇一四年にはフォーブス誌の「世界で最も影響力のある女性」の六二位に選ばれている。

実業家　サラ・ブレイクリー——一九七一年フロリダ生まれ。中流家庭で育ち、両親の希望どおり弁護士になろうとしたが試験に失敗し、結局フロリダのウォルト・ディズニー・ワールドに就職した。だが三か月で辞め、次はコピー機の訪問販売をし、営業能力を発揮した。忙しく動きまわる生活のなか、もっと着け心地のいい下着はないものかと思っていたが、ある日アイディアを思いついて特許を取得し、二〇〇〇年に二九歳でスパンクス社を設立した。二〇一二年には世界最年少の億万長者になった。

◯アフリカの女性起業家たち

アフリカにも多くの女性起業家が生まれていて、これまで男性の世界とされてきた分野に進出し、徐々に足場を固めている。

アリセタ・ウエドラオゴ——今ブルキナファソで最も活躍している女性である。一九九〇年代に皮革業でひと財産築いたのちに、不動産と建設事業に乗り出した。二〇一一年にはブルキナファソの商工会議所の所長に選ばれている。

ベツレヘム・ティラフン・アレム——エチオピアの女性起業家。二〇〇四年に廃タイヤを靴底に使った靴を考案し、翌年ソールレベル（soleRebels）というブランドを立ち上げた。アジスアベバ郊外のスラムにある作業場からスタートしたが、今では一〇〇人以上を雇い、三〇か国に販売している。二〇一三年にはザ・ガーディアン紙上で「アフリカで最も成功した女性」の一人に選ばれた。

アントワネット・クジャル・マンガラル——チャドの女性起業家。一九九五年にシアバターの実を収穫してバターに加工する会社、ＫＡＭＡ商会を設立。その後その成功がチャドの農業全体の発展次第だと気づくと、自ら農業団体の先頭に立った。現在ではチャドの農業ビジネスの活性化に尽力するとともに、商業や手工業に従事する女性の団体にも加わり、働く女性たちの地位向上に努めている。

世界中をながめてみれば、数えきれないほどの起業家がいる。人に頼らず、公務員、軍人、大企業の社員といった安定した職を求めず、自ら会社を興すことを選んだ人々である。彼らを見れば、人生を選ぶことは富裕層だけに許された贅沢でもなければ、貧困層だけが迫られる最終選択でもないのだとわかる。実際、家計を切り盛りしている女性が、生活のなかで何らかの発想を得て起業するといった例も少なくないのだから。

今日、起業家の人数は世界で四億近くに達しており、貧しい国々の起業家を支えるマイクロファイナンスの融資件数も、世界で二億件を超えたといわれている。

○無名の起業家たち

あまり名を知られていない起業家たちも何人か紹介しておこう。

ポーリー・アッピア・クビ――ガーナの女性起業家。ガーナには野菜・果物の貯蔵・加工施設やノウハウがなく、そのために大損していると気づき、起業を思い立った。一九九六年にエベナット・ガーナ（Ebenut Ghana）を設立し、たった一つの乾燥機（しかも一度に二〇個の果物・野菜しか入らない）から始めたが、今では五〇人を雇い、月に三トンの乾燥野菜・果物を販売・輸出している。

ブリジット・ナナ・エンジャイク――カメルーンの女性起業家。四人の子供の学費を稼ぐために借金をしてシルクスリーンプリントの材料を買い付け、自分流にアレンジしたカメルーンの伝統衣装を作りはじめた。最初は一人でやっていたが、その後村の若者たちを何人も雇うようになった。

コネ・シタ――コートジボワールの女性起業家。わずか一万二〇〇〇CFAフラン（二〇ユーロ弱）を元手にアビジャンで衣料品の販売を始めた。学校も出ておらず、自分の才覚だけが頼りだったが、それから二〇年経った今、一〇〇〇以上もの屋台が並ぶ市場の所有者となっている。またアジャメのロクシー市場の女性商人のための協同組合を設立し、違法な仕事（違法薬物の販売など）から足を洗わせるための支援を行っている。

ジアド・ベラムリ――一九五八年にアルジェリアの労働者階級の八人兄弟の一人に生まれ、フランスのリヨン郊外で育った。両親からは手に職をつけるように言われたが、それを無視して勉強を続け、大学入学資格《バカロレア》を取得、次いで上級技術者免状（BTS）も取得した。子供のころから自分は起業に向いていると思っていたが、二五歳で開いたCDショップはすぐにつぶれてしまった。そこで技術者としてエンジニアリング・コンサルティング会社に入り、じっくり経験を積んでから改めて挑戦し、一九九〇年にBEE社を設立した。BEEはリヨンを拠点にしたエンジニアリング・コンサルティング会社で、今ではパリとアルジェにも拠点があり、従業員も四〇人にまで増えた。

フティ・アッカール――リヨン郊外のヴェニシューの出身で、技術と営業のBTSを取得して就職したが、二〇一〇年に職場を離れて起業という冒険に乗り出した。設立したのは人工着色料も人工甘味料も加えないナツメヤシのジュースを生産販売する会社、ライクダット（LikeDat'）で、今ではこのジュースはフランスのみならず、アメリカ、アフリカ、アジアでも販売されている。

フランスではエリート養成機関であるグランゼコールの学生のなかにも、卒業後、あるいは卒業を待たずに進路を変える例が見られる。例年何十人もの学生が、いったんは家の伝統に従ってエリート教育を受けながら、当然進むべき道を行かずに配管工や指物師、あるいはパティシエになり、その先に自分の道を見つけようとしている。

立ち上げる会社の規模がどうであろうと、また起業のきっかけが何であろうと、起業家たちが例外なく理解していることがある。市場がなければ企業は成り立たず、満足する顧客がいなければ市場が成立しないということだ。つまり彼らは単に知的な利己主義者（以下〈知的利己主義者〉とする）なのではなく、理性的な利他主義者（以下〈理性的利他主義者〉とする）でもある。というわけで、次章では後者にスポットを当てる。

第五章　ポジティブな起業家──誰かのためになるサービスを提供する人々

起業家のなかには次の二点にことさら重きを置く人々がいる。事業は誰かのためになるサービスを提供できて初めて成功するという点と、自分の問題を解決するだけではなく、他の人々のためにも同じ問題を解決しようとすることによってよりよい結果が得られるという点である。彼らは時に〈知的利己主義〉──これがなければそもそも起業しない──から〈理性的利他主義〉──他者を助けることによって自分の望みをかなえる──へと移り、場合によっては利益を得ることさえ考えなくなる。

そうした人々をわたしは〈ポジティブな起業家〉と呼ぶ。

たとえば、次世代の利益を考えて企業を経営する人、大勢のために新たな組織を作る人、行政の手が及ばないところを自ら補おうとする人などがその例である。

◯次世代の株主の利益を考慮する企業経営者

同族企業のなかには、四半期ごとの利益以上に次世代の経営者にとっての利益を重視し、利益の大半をブランドの存続と技術革新に再投資しているところがある。そうした企業経営のあり方はわたしが〈我慢強い資本主義〉【訳注18】と呼ぶものに入る。

例としては、まず「エノキアン協会（Club des Hénokiens）」【訳注19】に名を連ねる企業が挙げられる。この協会は創業二〇〇年以上という老舗同族企業による経済団体で、アンリ・ルモワーヌ（パリの音楽出版社）、ピクテ・アンド・シー（スイスの銀行）、月桂冠（日本の清酒醸造会社）、アウグステア（イタリアの海運会社、一六二九年創業）など、全部で四〇社が加入している。

ほかにもこのカテゴリーに入る代表的な企業をいくつか挙げておこう。

ベネトー――造船技師のベンジャマン・ベネトーが一八八四年に創業したフランスのヨット・ボートビルダー。小規模ながら世界各地に拠点を持つ多国籍企業で、代々受け継がれてきたイノベーションへの情熱が今なお活動の基盤となっている。

エルメス――一八三七年にティエリー・エルメスの馬

【18】著者がオランド大統領に提出した報告書『ポジティブな経済のために』(http://www.ladocumentationfrancaise.fr/var/storage/rapports-publics/134000625.pdf) のなかで使った言葉で、長期的視野に立つ資本主義のこと。現代は短期的視野に支配されており、長期的視野の欠如がさまざまな危機を招いていると訴えた。

【19】協会の目的は「伝統こそ活力」を体現すること。また健全経営を維持していることも加入条件の一つになっている。パリに本部がある。

具工房としてスタートし、わずか数十年でロシア皇帝ニコライ二世を顧客にもつまでに成長した。その後も活動の範囲を広げながら、世界屈指の高級ブランドとして揺るぎない地位を維持している。今日もなお創業者一族が経営に参加しており、現在は六代目のアクセル・デュマがCEOを務めている。

ブラン・デ・ボージュ——フランスの家庭用繊維製品メーカー。一八四三年創業の高級ブランドで、現在も創業者一族の四代目が経営している。この業種は厳しい国際競争にさらされているが、今なお創業以来の高度な技術で競争力を維持している。

マルニエ＝ラポストル——一八二七年創業のフランスの蒸留酒・ワイン製造販売会社。創業者のジャン＝バティスト・ラポストルがヴェルサイユ近郊のノーフル＝ル＝シャトーで蒸留業を営むようになったのが始まりである。そのおよそ半世紀後、孫娘の夫のルイ＝アレクサンドル・マルニエがコニャックにオレンジの香りを合わせることを思いつき（当時オレンジはまだ珍しかった）、グラン・マルニエが誕生した。創業者から六代を経た現在、グラン・マルニエはフランスからの輸出量トップのリキュールになっている。

竹中工務店——一六一〇年創業の日本の大手ゼネコン。創業者は名古屋で神社仏閣を造営した竹中藤兵衛正高。日本の近代化とともに事業を拡大し、国を代表する建設会社に成長した。二〇世紀だけを振り返ってみても、高島屋京都店（一九一二年）、東京タワー（一九五八年）、東京ドーム（一九八八年）、福岡ドーム（一九九三年）、ナゴヤドーム（一九九七年）などさまざまな建築物を手掛けている。創業者一族が代々経営を承継しており、現在も一七代目の竹中統一が取締役会長を務めている。アジア、ヨーロッパ、アメリカにも進出しており、従業員は七〇〇〇人を超え、売上は九〇億ドルに上る。

インドにも長い歴史をもつ同族企業が数多くある。コングロマリットのワディア・グループもその一つで、一七三六年にさかのぼる歴史をもつ。ビルラ一族が率いるアディティア・ビルラ・グループも一八五七年創業と古く、初代セス・シヴ・ナラヤン・ビルラが綿とジュートの取引のために会社を作ったのが始まりである。今日では三六か国でさまざまな事業（繊維、セメント、電気通信、金融サービスなど）を展開している。タタ・グループも一八六八年にジャムセットジ・ヌセルワンジ・タタが設立した会社が始まりである。

また、少なくとも理論上は、収益性だけを追求するものではないという意味で公企業もこのカテゴリーに入る。

◯次世代の顧客の利益を考慮する企業経営者

一般企業のなかにも、直近の市場の要求に応えつつ、同時に次世代以降のことも念頭に置いて活動しているところがある。持続可能な経営、また社会に対して責任を果たす経営を行っている企業のことだ。たとえば、従業員の教育に力を入れる、エネルギーと原材料を節約する、社会的責任に応じてメセナ活動を実践する、従業員の給与の開きをある範囲内に制限するといった特徴をもつ。フランスの例では、程度はまちまちだが、GDFスエズ（電力、水道、ガス）、エア・リキード（ガス事業）、キャップジェミニ（ITコンサルタント）、ロレアル（化粧品）、ミシュラン（タイヤ）、オランジュ（携帯電話）、ルノー（自動車）、シュナイダー・エレクトリック（電機）などが挙げられる。

アメリカで「Bコーポレーション」［訳注20］の認定を受けている企業もこのカテゴリーに入る。この認定は対象企業が社会的責任を果たし、かつ環境に配慮して行動していることを証明するもので、管理体制や従業員の待遇をはじめとする厳密な基準をクリアしなければ対象とされない。現在およそ一一〇〇社が認定を受けていて、アメリカのアイスクリームブランドのベン＆ジェリーズや、中南米でも活動している奨学金ファンドのルムニ（教育費用の融資に新発想を持ち込み、学生にとってリスクの少ない融資を開発した）、アルゼンチンの自然石鹸ブランドのマスアンビエンテなどが入っている。

◯財団を設立する人々

〈知的利己主義者〉である起業家は、他者のニーズをうまくつかんで大金を稼ぐことがある。その場合、儲けの一部で病院、博物館、大学を建設するなどして〈理性的利他主義者〉になる起業家もいる。もちろん動機は完全に利己的なもの（税金逃れ、自己顕示など）から、半ば利他的なもの（利益の一部を還元する）、さらには完全に利他的なものまでさまざまである。いくつか例を挙げておこう。

フォード財団——一九三六年にフォード・モーターの創業者であるヘンリー・フォードと長男のエドセル・フォードによって設立された。二人は保有する無議決権株式のすべて（フォード・モーターの総発行株式のおよそ九割）を財団の基金に移したが、これは一九三五年歳入法で遺産相続税率が引き上げられたことに対する回避策だった。つまり当初は利己的な動機によるものだったが、その後の活動はそうではなく、今日この財団は民主主義促進と貧困や不正との闘いに一〇九億ドルを投じている。たとえば、一九七六年にはムハマド・ユヌスの初期のグラミン銀行［訳注21］を支えたし、コミュニティ開発法人（Community Development Corporations）を設立するなどして低所得コミュニティの文化活動も支えている。エイズ撲滅のための資金拠出額でも民間トップである。

ビル&メリンダ・ゲイツ財団——資産規模およそ四〇〇億ドルのこの財団は、科学・医学分野の数多くの研究開発に資金提供している。たとえば、二〇一五年に商品化が期待されている抗マラリア薬、コメの栽培技術改善、開発途上国の子供たちの予防接種（GAVI

アライアンス［訳注22］に一五億ドル）など。またアメリカの教育システムの改善にも力を入れている（たとえば「効果的な指導のための連携強化（Intensive Partnerships for Effective Teaching）」プログラムに二億九〇〇〇万ドル）。

開かれた社会財団（One Society Foundations）――ジョージ・ソロスが哲学者のカール・ポパーに共鳴し、その理念に基づいて設立した財団。人権、民主主義、経済・社会改革の促進のために、三〇年強で一一〇億ドルという巨額の資金を投じている。

ダニエル&ニーナ・カラッソ財団――食品大手のフランス・ダノン［訳注23］およびアメリカ・ダノンの設立者であるダニエル・カラッソ（二〇〇九年没）とその夫人を記念して二〇一〇年に設立された。この財団は食品と芸術というまったく異なる二つの分野で数々のプロジェクトに出資している。食品のほうでは、たとえば生活が苦しい人々に寄り添い、医療とは異なる方法で肥満をなくす取り組みに力を入れている。また芸術のほうでは、フランス財団が六歳から一六歳までの子供たちを対象に行っている、「芸術とその実践を通

［20］ペンシルベニア州の非営利団体が運営する認証制度。Bはbenefit（利益）の頭文字で、社員、コミュニティ、環境にとっての利益を意味する。

［21］二〇〇六年にノーベル平和賞を受賞したムハマド・ユヌスが一九七六年にバングラデシュで始めた貧困救済プロジェクトのこと。マイクロクレジットと呼ばれる少額・無担保融資を行うもので、このプロジェクトがその後バングラデシュ政府に認められ、一九八三年にグラミン銀行という独立銀行になった。

［22］予防接種へのアクセスを高めることで子供たちの命を救おうとしている世界同盟。国、国際機関はもちろん、民間企業、財団、個人も参加している。

［23］ダノンはダニエルの父のイサーク・カラッソがバルセロナで始めたヨーグルト工場から始まった。

して世界を理解する」というプロジェクトや、貧しい地区の若者たちをオペラの制作に参加させるファブリック・オペラなどに出資している。

また最近では「ベンチャー・フィランソロピー」[訳注24]と呼ばれる資金提供モデルも生まれている。ロックフェラー財団がアフリカ六か国で展開中の「デジタル・ジョブズ・アフリカ」という取り組みもその例で、可能性のある若者に教育の機会を与え、その後ＩＴ業界への就職の機会を設けることによって、この業界の活性化と失業問題の解決、ひいては一〇〇万人のアフリカ人の生活水準向上を狙うプロジェクトである。

◯社会的企業を立ち上げる人々

社会的目的をはっきり掲げ、そのために企業を立ち上げる人々もいる。次の三例はフランス、最後の一つはフィリピンの事例である。

ジャン＝マルク・ボレロ――父は職業軍人、母は工員。若年軽犯罪者の教育に携わっていたが、一九八四年に「グループＳＯＳ」を設立し、ヨーロッパでも最大規模の社会的企業に育て上げた。このグループは現在三〇〇を超える事務所と一万一〇〇〇人以上の従業員を抱えている。

サイード・ハンムーシュ――機会均等と多様性の促進を掲げ、非営利の人材紹介会社「モザイクＲＨ」を立ち上げた。

セバスティアン・コップとフランソワ＝ジスラン・モリリオン――オーガニックコットンとナチュラルラバーを使用したスニーカーブランド「ヴェジャ(Veja)」を立ち上げた。環境保護とフェアトレードを理念として掲げ、ブラジルのアマゾン川流域の生産者と提携している。

アントニオ・メロト――フィリピンの下流中産階級の出身で、貧困を身近に見て育った。大学で経済を学んでプロクター&ギャンブルに就職したが、七年後に退職。一九八五年からキリスト教団体の「カップルズ・フォー・クライスト（CFO：Couples for Christ）」でボランティア活動を始め、一九九五年にはバゴン・シランのスラム街の若者たち（軽犯罪に手を染めたり、ギャングの仲間入りを余儀なくされた若者たち）のためのユースキャンプを設置した。そして「わたしは支配する力よりも奉仕する自由を望む」という言葉どおり、この救済措置をさらに発展させるためNGO「ガワッド・カリンガ（GK：Gawad Kalinga）」を設立し、本格的な貧困解消計画に着手した。GKの活動の中心は貧困地域にコミュニティを再建することで、各地で五〇軒ほどの家からなる自給自足で環境に配慮した村の建設を支援している。このプロジェクトのおかげで、これまでに一〇〇万のフィリピン人が貧困状態を脱した。

○世界をきれいにする人々

衛生環境という重要課題に取り組む人々もいる。これは一国の経済・社会活動を左右するほどの大問題でありながら、社会文化的要因からタブー視される場合もあり、行政も見て見ぬふりをしていることが少なくない。そこで、ある人々は一風変わった事業を起こすことでこの問題を解決しようとしている。四例ご紹介しよう。

ビンデシュワール・パタック博士――インドでNGO

[24] フィランソロピー（慈善活動）の観点から非営利組織や社会的企業に資金提供すること。ベンチャーキャピタルへの投資の手法も取り入れられている。

「スラブ・インターナショナル（Sulabh International）」を立ち上げ、下水設備が整っていない都市や農村地帯で「スラブ・トイレ」と呼ばれる簡易水洗トイレの普及を進めている。これは安価で環境にも配慮したトイレで、すでに一二〇万世帯近くに提供され、八〇〇〇の公共施設にも設置された。そのおかげで、これまで差別されてきた一〇〇万人以上の清掃人が人糞処理の仕事から解放された。

ジャック・シム――世界の公衆衛生の充実を目指し、シンガポールでＮＧＯ「世界トイレ機関（ＷＴＯ：World Toilet Organization）」［訳注25］を設立。今日では五八か国二三五組織が加盟する世界的な組織になり、衛生設備の提供、関連企業の支援、保健行政に関する政府への働きかけなどを行っている。

レイナー・ノルヴァック――エストニアで「レッツ・ドゥーイット２００８」という活動を立ち上げ、二〇〇八年五月三日を国を挙げての「ゴミ拾いの日」にすると決めた。この計画は見事成功し、五万人（人口の約四パーセント）ものエストニア人が一斉にゴミ拾いをし、合計一万トンのゴミ（不法廃棄物を含む）を収集した。その後この運動は「レッツ・ドゥーイット・ワールド」となってヨーロッパ各地やインドにも広がり、フランスではジュリアン・ジェ（レッツ・ドゥーイット・フランスの代表）が音頭をとっている。ＩＴを駆使してゴミマップを作り、ネットで近隣住民のボランティアを募ってゴミ処理をするなど、現代ならではの工夫も凝らされている。

ボヤン・スラット――オランダの大学生。中学生のときにダイビングしていて海を漂うプラスチックゴミの多さに驚き、これを何とかできないかと考えた。その後、海流を利用して海面に浮かべた柵のようなものでゴミを集める方法を考案し、一九歳で「ジ・オーシャン・クリーンアップ」という会社を立ち上げた。すでにクラウドファンディングで資金調達にも成功しており、いよいよ本格的な活動が始まるようだ。

○子供たちが人生を切り開けるように学校を改革する人々

ヴィッキー・コルバート——アメリカ生まれ、ボゴタ育ちのコロンビア人。母親は生涯を教育にささげた教育専門家で、ヴィッキーも「すばらしい教育者だった」と述べている。ヴィッキー自身も教育者を目指し、スタンフォード大学で教育社会学などを学んだ。その後コロンビアの農村部で教師の指導に当たるうちに「恵まれない子供たちに質の高い教育を施す」必要性を痛感し、そのための教育モデル、「エスクエラ・ヌエバ（新しい学校）教育モデル」[訳注26]を開発した。一九八〇年代初頭に教育副大臣に任命されると、すでに成果が出ていたそのモデルを全国に広め、二万以上の学校に適用した。一九八七年にはエスクエラ・ヌエバ基金も創設し、同じモデルを諸外国にも広め、およそ二〇か国で成果を上げている。

サルマン・カーン——一九七六年生まれのベンガル系アメリカ人。マサチューセッツ工科大学（MIT）とハーバード大学で学び、ボストンの投資ファンドのア

[25] 二〇〇一年一一月一九日設立。一一月一九日はその後国連で「世界トイレの日」として正式に承認された。「世界トイレサミット」も例年開催されている。

[26] 教師中心ではなく生徒中心の教育。カリキュラムは子供一人一人のペースに合わせて組まれ、教師は指導者というよりむしろ進行役。学校とコミュニティの密接な協力のなかで、子供たちは対話と触れ合いを通して学んでいく。このモデルはめざましい成果を上げ、コロンビアでは農村部の子供たちの成績が都市部を追い抜いた。

ナリストになった。二〇〇四年、ニューオーリンズにいる一二歳の従妹に数学を教えるため、短い動画を作ってユーチューブ（YouTube）に投稿するようになり、これを子供たちが喜ぶのを見てNPO「カーン・アカデミー」を設立した。このアカデミーは教育用のウェブサイトを運営していて、インターネットを介して誰もが質の高い教育を無償で受けられるようにすることを目的としている。カーンはこれこそが自分の使命だと確信し、二〇〇九年に会社を辞めてアカデミーに専念した。三年経った時点で、「現在月に六〇〇万人以上がこのアカデミーを利用していますが、これは一六三六年の創立以来のハーバードの卒業生より多い人数です」と述べている。さらに「再生回数は一億四〇〇〇万回を超え、練習問題の解答回数も五億回を超えました。わたし自身も教材を作りつづけていて、三〇〇〇以上の動画を公開していますが（無料、しかも広告なし）、その内容は算数の基礎から解析、物理、金融、生物、化学、フランス革命等々、実に多岐にわたっています」という。

フランソワ・タッディ――学生自身がイニシアティブをとり、自分の発想に基づいた研究をプロジェクトとして進め、それを指導者、研究機関、民間企業、財団などが助けるような教育の場はないものか。そう考えたタッディは自らパリに学際研究センター（Centre de Recherches Interdisciplinaires）【訳注27】を創設し、新しい教育法を現実のものとした。このセンターは新しい学士号、修士号を授与しており、博士課程も用意されている。

カロリーヌ・ゾス――パリ高等商業学校（ＥＳＣＰ）を卒業し、ゲームソフト大手に就職して人事部門の役員も務めたが、結局は価値観が合わずに辞めた。そこで再出発を決意し、二〇〇七年にパリで幼稚園から小学校までの子供を対象にした学校「リビング・スクール」を創立した。ゾスが目指しているのは〝スキル〟

ではなく〝あり方〟を教え、人としての質を高めることによって、子供たちが「自分を知り、自分で解決していく」大人になれるよう指導することである。

ミルード・シャラフィ――エコール・サントラル・パリを卒業し、二〇一四年、セーヌ＝サン＝ドゥニ県のル・ブラン＝メニルに「アヴィセンナ会（Association Avicenne）」を共同設立した。セーヌ＝サン＝ドゥニ県はパリ北東の工業地域で、移民や貧困層が多く、若者たちも多くの問題を抱えている。アヴィセンナ会はそうした若者たちを「塾」形式の厳格な指導で支え、成功に導こうとするもので、運営に当たっては、彼らと同じような環境で育ったグランゼコール（エコール・サントラル・パリ、理工科学校、高等師範学校などのエリート校）の卒業生の協力を得ている。シャラフィはもちろん、設立者たちは皆「国威の礎は教育にあり」（ジュール・フェリー［訳注28］）を座右の銘にしていて、生徒本人と両親のモティベーションを厳しく問い、生徒が確実に履修していることを定期的に確認し、関係者全員（教師、家族、生徒）に会則の順守を義務づけている。その成果はどうかというと、一年目に一〇〇人の生徒の受験（資格試験やバカロレア）を支え、合格率はバカロレアが九五パーセント、資格試験は一〇〇パーセントだった。

ジョン・ホルト――一九二三年生まれのアメリカ人で、

［27］パリ・デカルト大学のなかにある。

［28］一九世紀のフランスの政治家。教育を重視し、初等教育の無償化、脱宗教化、義務化のための法律制定に尽力し、今日のフランスの公教育の基礎を築いた。

一九八五年に死去した。ホームスクーリング提唱者としてその名を知られている。エール大学を出て、戦後しばらくしてから教師になり、コロラド、次いでボストンの小学校で教鞭をとった。だが教育の現場を見て失望し、改めて教育について考え、独自の理論を打ち立てた。その理論とは、教育は子供に押しつけるものではなく、子供の興味を引き出すようなものでなければならないというもので、そこから出発して家庭教育の重要性を訴え、学校に行かないホームスクーリングを提唱した。ホルトは多くの著書を残したが、なかでも『教室の戦略（How Children Fail?）』（一九六四年、邦訳一九八七年）と『二一世紀の教育よこんにちは 新しい脱学校論（Instead of Education）』（一九七六年、邦訳一九八〇年）は、ワシントン州のエバーグリーン州立カレッジや全米青年権利協会（National Youth Rights Association）［訳注29］など、多くの組織に影響を与えた。

バンカー・ロイ——インド、ラジャスタン州のティロニア村にある「裸足の大学《ベアフット・カレッジ》」の創設者。一九六七年にデリー大学の名門、セントスティーブンス・カレッジを卒業し、一九七二年に「裸足の大学」（正式名称はソーシャルワーク・リサーチ・センター）を創設した。この学校は貧しい農村の人々が外部に頼らず、自力でよりよい暮らしを築けるよう手助けするもので、互いに知識を持ち寄って学び合う場である。まずは水問題の解決のために、手押しポンプや雨水貯留タンクの作り方や修理方法を学ぶことから始めたが、その後範囲を広げ、太陽光発電を利用した調理器具やちょっとした医療まで学ぶようになった。つまり農村の住民たちが、老いも若きも、男も女も関係なく学び、技術者になったり、医者になったりするのである。創設から四〇年で三〇〇万近くの人々がここで学び、自分の村の医者や、技術者や、教師になった。

◯国の能力不足を自ら補おうとする人々

まず、人に活動の場を提供しようとする人がいる。

SEL（地域交換システム Système d'Échange Local）の主催者たち――なかでも、フランス北部のソンム県アブヴィルで二〇〇〇年代初頭に実施されたSELは注目に値する［訳注30］。ほかのSELとは少し違っていて、何らかのサービスを提供すると町内で使える割引券がもらえるシステムで、社会的に困難な状況にいる人々の社会復帰を促す試みとなっている。会員はまず技能や資格に関する質問表に記入する。管理者はそれを見てどういうサービスを提供してもらうのがいいか考える。また能力開発も可能で、職種によっては（電気工、配管工など）仕事を学ぶ機会が用意されている。一般的なSELは地域住民同士のサービス、知識、物の交換のシステムだが、アブヴィルの例もコミュニティの活性化に大いに役立っている。フランスにはすでに六〇〇を超えるSELがある。そのうちの五〇はイル＝ド＝フランス地方にあり、およそ三〇〇〇世帯が会員になっている。

ジェイミー・オリヴァー――ロンドンでレストラン「フィフティーン」を経営するイギリス人シェフ。二〇〇二年以来毎年、社会から落ちこぼれた若者たちに数か月料理見習いの修業をさせ、社会復帰につなげるというプログラムを実行している。参加した若者の七五パーセントはその後レストラン業界に就職しており、なかには自分の店をもつまでになった例もある。たとえばティム・シアダタンはロンドン東部に「トゥルッ

［29］青年の権利拡大を目指す組織で、選挙権年齢や飲酒年齢の引き下げを求めている。ホルトは今日「青年権利」と呼ばれるものを支持したという点でもパイオニアだった。

［30］残念ながら、アブヴィルの事例は主催者側の人手不足により続かなかった。

ロ（Trullo）」という店を構えた。

次に、人々を守ろうとする人もいる。

たとえば、メキシコのミチョアカン州のテパルカテペクという町では二〇一三年に自警団が組織された。町の住民を麻薬カルテルから守るべく、一般市民の有志が集まって武装し、結成した自警団である［訳注31］。メキシコの犯罪率は高く――二〇一二年には日に平均七一件も殺人事件があった――その一方で国の犯罪対策予算は不足している。そのギャップを埋めるため、テパルカテペクだけではなく、麻薬カルテルの拠点となっている他の町でも自警団が組織されつつある。

高齢者支援のために自ら動く人もいる。

貧者の小さき兄弟会（les petits frères des Pauvres）――一九四六年にアルマン・マルキゼによって設立されたボランティア団体。当初はパリ一一区のサンタンブロワーズ界隈の高齢貧困者を助けることが目的だったが、今では対象を広げ、重い疾病（アルツハイマー病を含む）、貧困、孤立などに苦しむ人々、特に五〇歳以上の人々に寄り添う活動を行っている。二〇一三年には一万三〇〇人の無償奉仕と五三九人の有償奉仕によって四万人近く［訳注32］を助けた。

ケア・トゥ・ゴー（Care to Go）――アメリカ、フェニックスの介護サービス会社。大手航空会社のパイロットを引退したゲイリー・ベイツと、その妻で長年介護の仕事に携わってきたベス・ベイツによって二〇一〇年に設立された。特に需要が増えている旅行付き添いサービス――高齢者と一緒に飛行機に乗り、目的地まで案内する――に力を入れている。このサービスはゲイリーがパイロット時代に必要性を痛感したものだ。以来、楽しみとして旅に出る、近親者に会いにいく、あるいは遠くの医療センターに行くなど、さまざまな理由で長距離を移動する高齢者を支えつづけている。

人々の暮らしを明るく照らそうとする人もいる。

ハイチのコトー郡電力協同組合（ＣＥＡＣ：Coopérative Electrique de l'Arrondissement des Coteaux）――ハイチ初の電力協同組合。一六〇〇世帯の住民と数十の小企業が集まり、電力の共有とよりよい管理を目指して二〇一四年二月に設立した。ハイチでは人口のおよそ七五パーセントが電気を使えずにいるため、国連環境計画（ＵＮＥＰ）のハイチ南部支援イニシアティブ（ＣＳＩ：Côte Sud Initiative）も状況改善のために動いている。ＣＥＡＣもその枠組みのなかで、太陽光発電（一三〇キロワット）とディーゼル発電（二〇〇キロワット）によるハイブリッド発電システムを導入する予定である。

また水を供給しようと奮闘する人もいる。

ボリビアのサンタクルス市民――一九七九年から自分たちで町の配水を管理している。この国では昔から水道利権をめぐって政府・企業・住民三つ巴の紛争が何度も起きている。そこでサンタクルスの住民たちは自分たちの手で効率的かつ民主的に水を管理しようと決め、協同組合を作って四五年間もそれを維持してきた。現在組合員は一五万人以上で、会合も定期的に開かれている。ボリビアで安全な飲料水を利用できる人々の

[31] メキシコ政府は彼らを警察組織に組み込むことで合法化しようとしており、二〇一四年にはライフルも配布した。

[32] そのほとんどが六〇歳以上だった。

割合は全国平均で八八パーセントだが、サンタクルスはこの組合のおかげで九五パーセント以上に達している。

ほかにもこんな例がある。

フィリピンのカイズ財団（Kythe Foundation）――慢性病や末期療養で公立病院への長期入院を強いられている子供たちは、精神的にも肉体的にも辛い状況に追い込まれる。家族や病院スタッフにも多大なストレスがかかる。マリア・ファティマ・ガルシア＝ロレンツォはそんな状況を改善するため、病床の子供たちに心理社会的サポートを提供するカイズ財団を立ち上げた。この活動により、ガルシア＝ロレンツォはフィリピンで初めて「アショカ・フェロー」に選ばれた。アショカ（Ashoka）は第一線の社会企業家を支援するグローバルネットワークで、その定義にかなう社会起業家「アショカ・フェロー」［訳注33］を世界中で発掘してきた。これまでに三〇〇〇人ほどが選ばれている。

シマウマ《ゼーブル》運動――フランスの作家アレクサンドル・ジャルダンの呼びかけで始まった、「フランスの問題を自ら解決する市民」の力を結集しようとする運動［訳注34］。ジャルダンは「政府に頼らず自分たちが世の中を変えていく喜び」を人々に訴え、その呼びかけに応えて数多くの人々がサイトを立ち上げたり行動を起こしたりしている。たとえば、ひとり親世帯のために共同借家の情報を提供するサイト、各種起業家支援サイト、フランスのものづくりの参照サイト、社会的インパクトの大きい事業を支援するクラウドファンディングサイト、連帯食品店（epicerie solidaire）［訳注35］のネットワーク、生活困窮世帯の中学生を支援するプラットフォーム、中途退学した子供たちのための無料のＩＴ教育など、その事例は多岐にわたっている。

○世界を養おうとする人々

ミシェル・コルッチ——フランスの喜劇役者で芸名はコリューシュ。「心のレストラン」の創立者としても有名である。パリ一四区の生まれで、母親は花屋で働き、父親は朝市で野菜を売っていた。三歳で父を病気で亡くし、その後母も病気になったため、生活は苦しかった。紆余曲折を経て喜劇役者として成功したが、それに満足することなく、人道的な仕事にも力を入れた。「心のレストラン」は困窮者に無料で食事を提供するプロジェクトで、フランスの貧困地区の惨状と国の無能ぶりを目の当たりにしたコリューシュが自ら計画し、スポンサーを募って実現したものだ。ジュヌヴィリエで一九八五年一二月から翌年三月まで行われたのが初回で、その後も（コリューシュの死後も）冬期に行われている。最近ではワンシーズンに一億食以上配られ、およそ九〇万人がその恩恵を受けている。コリューシュは一九八六年にバイク事故で不慮の死を遂

[33] アショカ・ジャパンの紹介によれば、アショカ・フェローとは「機能していない社会システムに対し、これまで存在しなかった斬新な解決法を提案するのみでなく、そのアイデアを現実に立ち上げ、アイデアが実際に効果を生むまで粘り強く取り組むソーシャル・アントレプレナー」である。（http://japan.ashoka.org/）

[34] ジャルダンの代表作は『妻への恋文』。原題は Le Zèbre《ル・ゼーブル》で、これが主人公の愛称。フランス語の zèbre には「シマウマ」のほかに「おかしなやつ」という意味もある。一方シマウマ《ゼーブル》運動における「シマウマ」は、ジャルダンが呼びかけたような活動を実際に行っている市民のことで、そのシマウマたちの団体ＢＢＺ（Bleu Blanc Zèbre）も設立された。（http://www.bleublanczebre.fr/）

[35] 市町村などの支援を受けて市民団体が運営するスーパーマーケットで、生活困窮者に食品（その他の生活必需品）を安く販売している。

げたが、その直前まで世界規模の「心のレストラン」計画のために動いていたという。飢えに苦しむ数十億人に栄養バランスのとれた食事を提供できないかと考えていたのだ。コリューシュは絶えず〈自分になる〉ことを追求した一人で、こんな言葉を残している。「わたしは成金じゃありません。元貧民です」

モハメド・アージュ——レバノン出身のITエンジニアで、カナダの起業家。レバノンにいる親族の多くが農業に従事していて、モハメド自身が始めたのも農業だった。ただし地上ではなく、「屋上農業」である。モントリオールの工業地区、アウンツィック＝カルティエヴィルの建物の屋上に大きな温室を作り、そこで野菜を栽培し、地元の消費者に販売している。会社名は「ルーファ（Lufa）農場」で、得意のITはもちろん、微生物学や作物学における最新技術も駆使している。害虫管理さえITでやってのけている。一日当たり七〇〇キロの野菜を生産し、三〇〇〇人弱が利用している。同じくモントリオールに作られる予定の第二農場はその倍の生産が可能で、六〇〇〇人を養えることになる。ルーファ農場の栽培技術は他の多くの屋上農業に応用されている。

◐世界を癒そうとする人々

国境なき医師団——一九七一年に一〇人ほどの医師とジャーナリストによって設立されたNGO。その活動範囲は世界七〇か国に及んでおり、紛争地域や飢餓地域、自然災害の被災地などで緊急医療援助を行っている。

マリー＝ノエル・ブザンソン——心の病に苦しむ人々への対応がフランスでも不十分（精神科医が足りず、治療を待つ患者が増えつづけているし、精神病院を出ても社会復帰できていない）なのを見て、新しい発想で患者の社会復帰を助ける場を作った。それは病院ではなく、もっと自然な共同生活の場であり、病院と社会のかけはしとなる場である。症状が安定している患者を受け入れ、その人の病を治すのではなく（それは病院に任せる）、むしろ健全な部分を大切にし、人とのつながりを通してその部分を大きく育てていく方法をとっている。こうした社会復帰への取り組みは国の医療費軽減にもつながっている。

ベネディクト・デフォンテーヌ——フランスの神経科医。認知障害は早期発見によって進行を遅らせることが可能だが、それにもかかわらず診断率が低い。デフォンテーヌはこの問題に取り組むため、二〇〇四年に「アロイス記憶ネットワーク」を立ち上げ、同じ関心をもつ神経科医グループの協力を得て診断率アップに努めている。成果も出ていて、二〇〇八年以降に六五〇〇〇人の早期発見につながった（大半がアルツハイマー病）。次の目標の一つは、遠隔診断によってこのサービスを地方にも広げていくことである。

ジャン＝ルー・ムイセ——癌患者の治癒と再発防止のための包括的な支援プログラムを開発した。「癌そのものに集中するのではなく、患者その人に集中する」という考え方のもと、心理療法にも力を入れている。

アンヌ・ルース＝ヴェイユ——サハラ以南のアフリカでは出産時の母親の死亡率と幼い子供の死亡率が高い（五歳になるまでに六人に一人が命を落とす）。そのほとんどは先進国ならば予防できる感染症とその合併症が原因である。そこでルース＝ヴェイユはマイクロ保険［訳注36］、モバイルテクノロジー、アウトリーチワーカー［訳注37］を活用して医療文化を浸透させながら、症状が軽いうちに感染症を治療する機会を増やしていった。この活動はマリのバマコで始まり、最初に対象とした一〇〇〇家族では、治療を受ける人の率が三倍になった。

そしてもちろん、こうしたイニシアティブを結集させるポジティブ経済［訳注38］の活動も、それらを紹介するネットテレビのエコプラスTV（EcoplusTV）もこのカテゴリーに入る。

［36］リスクに対して脆弱な途上国農村部の貧困層を対象とする保険で、保障内容を限定する代わりに保険料を低く抑えているのが特徴。

［37］福祉などの分野で、サービスを必要とする人にサービスが届くようにサポートする（必要な人材を探すなど）。現地に出向いて活動する場合もある。

［38］自然環境はもとより、人間環境にも配慮する経済活動のこと。企業で言うならば、従業員や投資家のみならず、長期的視野に立って次世代の、人類の、世界の役に立つ活動を目指す企業のこと。著者はそのようなポジティブ経済のために「ポジティブ経済フォーラム」を主催している。

第六章　闘う人──他者を導く人々

自分を見いだすだけにあきたらず、誰かが己を見いだすのを助けるために人生をささげる人もいる。たとえば、己を見いだせる状況に他者を導く人。あるいはさらに踏み込んで、他者の人生の選択に何らかの示唆を与える人である。

◯世俗を捨て、祈りと実践によって人々を助けようとする人

ヘンリー・クインソン――アメリカ人の父とフランス人の母のあいだに生まれた。ソルボンヌ大学とパリ政治学院で経済を学び、ウォール街のトレーダーになったが、あるとき疑問を感じて金融界を離れた。その後二八歳でフランスのサヴォア地方のタミエ修道院に入り、五年間瞑想を続けた。現在はマルセイユの貧民街で子供たちに勉強を教えている。

マチウ・リカール――父は哲学者のジャン＝フランソワ・ルヴェル、母は画家のヤーヌ・ル・トゥームラン。大学で生物を学んでいた一九六七年に、インドに旅をしてチベットの精神的指導者たちと出会った。その後パスツール研究所に入り、一九七二年にはノーベル生理学医学賞受賞者のフランソワ・ジャコブの指導のもと細胞遺伝学の博士号を取得。だが結局はフランスをあとにし、インドやブータンでカンギュル・リンポチェ、次いでディルゴ・ケンツェ・リンポチェ〔訳注39〕に師事し、チベット仏教の修行を積んだ。一九七九年に自ら僧侶となり、カルナ・シェチェン（Karuna Shechen）というNGOを設立してインド、ネパール、チベットで人道支援活動を行っている。

アンリ・グルエス――一九一二年にリヨンの信心深いブルジョア家庭に生まれた。一五歳でローマへ巡礼したとき信仰に目覚め、その後カプチン会に入り、七年間厳格な修道生活を送った。一九三八年に司祭に叙階されて「ピエール神父」となったが、ほどなく健康上の理由で修道院を出ることになり、その後は街なかで貧しい人々に寄り添い、休むことなく弱者を支援しつづけた。〔訳注40〕

マドレーヌ・サンカン――一九〇八年、ブリュッセルの裕福な家庭に生まれた。六歳のときに自分が見てい

るところで父が溺死し、大きな衝撃を受けた。それがきっかけとなってのちに信仰の道を選び、二三歳で周囲の反対を押し切って修道請願を立て、シスター・エマニュエルとなった。四〇年にわたってトルコ、チュニジア、エジプトの学校で文学を教えたが、そのあいだずっと貧しい人々に奉仕したいと思いつづけていた。一九七一年に定年を迎えるとさっそくその望みをかなえ、カイロの貧民街でゴミ拾いに従事する人々とともに暮らし、「スラムにも人間性を」をモットーに支援活動を続けた。

[39] いずれもチベットの高僧で、二〇世紀を代表する宗教指導者。カンギュル・リンポチェ（一八九八年～一九七五年）はチベットを追われ、ダージリン滞在中にマチウ・リカールをはじめとする西洋人の修行僧にも教えを授けた。ディルゴ・ケンツェ・リンポチェ（一九一〇年～一九九一年）もチベットを追われてインドやアジア各地で活動し、一九八〇年にはネパールに僧院を開いた。ダライラマ一四世の師としても知られる。

[40] 路上生活者などを救済するために私費を投じて「エマウス」という協会を設立し、「路上生活者の救世主」と呼ばれた。二〇〇七年没。

○多くの人に社会的責任をもたせようとする人々

マハトマ・ガンディー――イギリスで法律を学び、南アフリカ（当時はイギリス領）で弁護士を開業した。そこで人種差別の現実を目の当たりにしたことがガンディーの人生を変えた。南アフリカで公民権運動に参加して二〇年ほど戦ったのち、一九一五年にインドに帰国し、今度はイギリスからの独立運動の先頭に立った。ガンディーが率いたのは「非暴力抵抗運動」で、暴力に訴えることなく人々の――敵対する人々も含めて――振る舞いを変えさせようとするものである。またインドの本質に根差した社会を理想とし、物質主義や近代性を拒否した。

アレクサンドル・イサーエヴィチ・ソルジェニーツィン――一九一八年生まれ。生まれる前に父が死亡し、未亡人となった母に育てられた。一九四五年に友人への手紙のなかで、当時まだ「偉大なる天才」と呼ばれていたスターリンについて、赤軍大粛清とヒトラーとの同盟を批判したとして逮捕され、「反革命活動」の罪で懲役八年を宣告された。まずは強制収容所に送られたが、その後カザフスタンに流刑になった。一九五六年、フルシチョフによるスターリン批判を機に名誉が回復されると、モスクワの南二〇〇キロのリャザンで教師をしながら執筆活動を始めた。そして一九六二年、フルシチョフの擁護のもと、処女作『イワン・デニーソヴィチの一日』が出版されて大きな反響を呼んだ。この小説は強制収容所の一日を描いたもので、ソ連の体制と強制収容所の現実を世界中に知らしめることになった。その後フルシチョフが失脚すると再び迫害を受け、一九七四年に国外追放されたが、『収容所群島』をはじめとする数々の著書を発表し、多くのロシア人を「偽りとともに生きる」ことの拒否へ、抵抗へと導いた。

ヴァーツラフ・ハヴェル――一九三六年プラハ生まれ。名家の出だったが、一九四八年に共産主義政権が成立すると財産を没収され、教育への道も閉ざされかけた。だが検査技師などをして働きながら高等専門学校まで進み、やがて劇作家になった。一九七六年、あるロックグループが逮捕されたのをきっかけに、人権擁護を求める「憲章七七」を起草し、反体制運動の先頭に立った。その後何度も逮捕・投獄されたが運動を続け、抵抗の象徴的存在となり、その姿勢が多くの同国人を動かし、ビロード革命へとつながっていった。チェコスロバキアの連邦制解消後の一九九三年に、ハヴェルはチェコの初代大統領に就任した。

アーヴィング・ストウ——エール大学で法律を学んだ。クエーカー教徒として平和主義を旨とし、一九六〇年代前半にはベトナム反戦運動に参加した。一九六〇年代後半にアメリカがアラスカで核実験を強行すると、今度は自然破壊に反対してバンクーバーでＤＭＡＷ（Don't Make a Wave Committee）［訳注41］を設立し、非暴力（ロックコンサートや座り込み）の抗議運動を始めた。ここから発展したのが世界規模の環境保護団体グリーンピースである。

ブレンダン・マーティン——大学で経済を学んだが、労働者を最小化すべきコストと見る考え方に疑問を抱いた。金融情報サイトのザフライオンザウォール・ドットコム（Theflyonthewall.com）立ち上げに参加し、ウォール街でキャリアをスタートしたものの、経済への疑問は消えなかった。そして二〇〇四年秋、アヴィ・ルイスとナオミ・クライン［訳注42］が制作したドキュメンタリー映画『ザ・テイク（工場占拠）』——アルゼンチンが国家破綻したときに、閉鎖された工場で労働者が立ち上がり、自分たちの手で操業を再開した様子を描いたもの——を見て衝撃を受け、ワーカーズ・コレクティブ（労働者協同組合）を支援するＮＰＯ「ワーキング・ワールド」を立ち上げた。今ではアルゼンチンのみならずニカラグアとアメリカでも

［41］核実験が地震の引き金となり、津波が発生することも考えられるとして、「波を起こすな委員会（Don't Make a Wave Committee）」と名づけられた。

［42］ナオミ・クラインはカナダのジャーナリスト、作家。反グローバリゼーション運動の活動家としても知られる。夫のアヴィ・ルイスも映像ジャーナリストで、二人でドキュメンタリー映画を制作している。

活動し、専門知識の提供や融資によってワーカーズ・コレクティブの設立・発展を支えている。

劉暁波《リウ・シャオボ》――一九五五年、吉林省の知識人家庭に生まれた。一九八八年に北京師範大学で文学博士号を取得。翌年、コロンビア大学客員研究員としてアメリカに渡ったが、学生を中心とした抗議運動が起きるとすぐに帰国して参加し、六四天安門事件後に投獄された。その後も民主化を求める「零八憲章」の起草に携わるなどして何度も身柄を拘束された。二〇一〇年一〇月にノーベル平和賞受賞が発表されたときも、同年二月に「国家政権転覆扇動罪」で懲役一一年に処せられていて獄中にあった。中国では著作の出版が禁止されているが、民主化闘争の象徴的存在として多くの人々に影響を与えつづけている。

○誰もが人生を選び取れるように助ける人

エドワード・カーペンター――ヴィクトリア朝イングランドの社会思想家で、同性愛と自由結婚《ユニオン・リーブル》を弁護した先駆者の一人。一九〇八年に出版された『中間の性（The Intermediate Sex）』では、同性同士が惹かれ合うのは自然であると主張した。また『成年の愛（Love's Coming of Age）』では女性の性的自由、経済的自由も擁護し、結婚制度はいわば制度化された買春であると糾弾した。

アンドレ・ボードリ――一九二二年フランス北部ルトンドの生まれ。神学校を出て哲学を教えていたが、やがて性の問題に関心を抱き、一九五四年に「アルカディア」という男性同性愛者向け雑誌を創刊し、同名の団体も結成して同性愛者の権利獲得運動に乗り出した。一九七九年五月にはパリで「他者から見た同性愛」と題する国際会議を開き、一二〇〇人もの参加者を集めた。

クリストファー・ヨハンソン——スウェーデンのNGOヤングクリス（Unga Kris）の理事長。ヤングクリスは成人の犯罪者社会復帰支援NGOクリス（Kris）から分割された青少年部門である。クリスが刑務所出所者や薬物依存者の社会復帰支援・再犯防止を目的としているのに対し、ヤングクリスはそもそも刑務所に行くようなことをさせないという発想から始まった。イベントや居場所作りを通して若者たちの責任感や自尊心を育てながら、非行防止、就職支援、軽犯罪の再犯防止を目指している。

ニコライ・アレクセイエフ——二〇〇六年にロシアで初めてゲイ・プライド［訳注43］のデモ行進を企画・実行した。名前は「モスクワ・プライド」とし、LGBT［訳注44］解放を訴えてその後も毎年五月に開催している。しかし二〇〇六年の初回から当局が禁止するなかでの強行となり、しかも同性愛差別者や人種差別者に攻撃され、負傷者が出る騒ぎとなった。アレクセイエフも何度も身柄を拘束されている。

アシア・グーラ——モロッコの小村ベンスローで女性たちに読み書きを教えていたときに、彼女たちの裁縫や刺繡の腕前を見て、これなら商品を作ることもできると思った。そこで「アヴニール・ジュネス・ベンス

［43］セクシャルマイノリティーの人々が自分の性的指向に誇りをもつべきだとする考え方のことで、偏見・差別の撤廃を求める運動の呼称ともなっている。
［44］レズビアン、ゲイ、バイセクシャル、トランスジェンダー。

ロー（Avenir Jeunesse Benslou）」という集まりを作って手芸品【訳注45】の販売を始め、のちにこれを協同組合にした。

TED――リチャード・ソール・ワーマンとハリー・マークスが一九八四年にカリフォルニア州モントレーで共同設立したNPOで、TEDカンファレンスと呼ばれる講演会を主催している。TEDは「テクノロジー、エンターテイメント、デザイン」の略である。第一回の講演会では数学者のブノワ・マンデルブロがフラクタルとその応用についてプレゼンし、またソニーの開発チームが当時まだ最先端だったコンパクトディスクを紹介するなどした。だがこのときは帳尻が合わず、二回目の開催までに六年かかることになった。今日、TEDは数々のイベントを通して〝アイディアを拡散〟し、人を、世界を変えようとしている。プレゼンターは最大一八分という制限時間のなかでメモもなしにスピーチするが、それだけに練り上げられた価値あるメッセージになっている。またプレゼンテーションはインターネット上で無料配信されており、誰にでもアクセス可能な〝知の提供の場〟となっている。動画アーカイブ「TEDトークス」の視聴回数は二〇一二年末に一〇億回を超えた。TEDはまさに〈自分になる〉ことを世界に発信する場である。

○自分が仕える権力に背き、あえて裏切る人

組織に属する立場で何らかの問題に気づき、組織のなかから戦いを挑む人もいる。教会に渦巻く欲望を暴き、行政の無駄や悪癖を正そうとし、大企業の犯罪を内部告発する人々のことである。

ダニエル・エルズバーグ――一九三一年シカゴ生まれ。ハーバード卒の経済学博士で、一九六〇年代にロバート・マクナマラ国務長官のもと、まずは国防総省、次いで軍の調査分析を担うシンクタンクのランド研究所で働いた。一九七一年にベトナム戦争に関する機密報

告書をニューヨーク・タイムズに渡し、戦争の逸脱と泥沼化の実態を国民に暴露した。政府は記事の差し止めを求めて提訴したが、最高裁で却下された。この漏洩を機に反戦運動がいっそう高まり、アメリカが停戦交渉に向かうきっかけの一つになった。

ミハイル・ゴルバチョフ——一九三一年北カフカス生まれ。両親も親族もコルホーズの労働者で、祖父は体制に反抗したとしてシベリア送りになっている。ゴルバチョフ自身は共産党員として非の打ちどころのない道を歩んだ。労働赤旗勲章を得て一九歳でモスクワ大学に入学、卒業後はコムソモール（共産党の青年組織）で活動し、二一歳で共産党に入党。めきめき頭角を現し、一九七一年に四〇歳という若さで党中央委員に選ばれた。しかし、アンドロポフが政権を獲得した一九八三年、当時駐カナダ大使だったアレクサンドル・ヤコブレフと会って話をし、党の構造改革の必要性を痛感する。一九八五年、アンドロポフに続いてチェルネンコも死去したことで共産党書記長に就任すると、ペレストロイカ（改革）とグラスノスチ（情報公開）を提唱して体制改革に着手し、これがソ邦崩壊、冷戦終結へとつながった。

ジェフリー・ワイガンド——大手たばこメーカーの重役を四年務めた時点で、たばこの有害性に関する研究を進めたことにより解雇された。ワイガンドは会社がデータを改竄しようとしていたことを告発し、これがきっかけとなって、一九九〇年代以降多くのたばこ損害訴訟で原告勝訴の判決が出た。たばこ産業は全米五〇州の訴訟と和解するために二四六〇億ドルという高

[45] モロッコ伝統のサブラ糸を使ったアクセサリーなど。

額を支払うことになった。

エルヴェ・ファルチアーニ――金融大手ＨＳＢＣのスイスの子会社でシステムエンジニアとして働いていたが、脱税の疑いがある秘密口座のリストを複数国の税務当局に提供し、スイス警察から追われる身となった。しかしファルチアーニの逃亡先となったフランスもスペインも、リストのおかげで多額の脱税を抑止することができたため、ファルチアーニの引き渡しを拒んだ。

チェルシー・マニングとジュリアン・アサンジ――マニング（男性名のブラッドリー・マニングでも知られている）〔訳注46〕は一九八七年生まれ。米国陸軍の情報分析官だったが、機密文書や映像をジュリアン・アサンジに渡していたことが発覚して逮捕された。そこにはイラク戦争関連資料が約四〇万件、アフガニスタン紛争関連資料が約七万七〇〇〇件など、膨大な情報が含まれていた。アサンジのほうは一九七一年オーストラリアのクイーンズランド生まれで、一九八七年からハッキングを始め、一九九四年に複数のハッキング行為で有罪判決を受けた。その後、国と国民のあいだにあまりにも大きな情報の格差があると考え、暗号化ソフトを開発して無料で配ったり、また二〇〇六年には内部告発サイト「ウィキリークス」を創設して、匿名の投稿者から寄せられる行政機関の機密情報を次々と公開するなどした。マニングは二二の罪で起訴され（そのなかには死刑もありえる「敵幇助罪」も含まれていたが、これについては無罪となった）、懲役三五年の実刑判決を言い渡された。アサンジのほうは今のところ機密情報公開そのものについては起訴されていないが、別件で追われる身となり、二〇一二年にロンドンのエクアドル大使館に逃げ込んだ。それ以来、逮捕されてアメリカに引き渡される恐れがあるため、大使館から一歩も出られなくなっている。

エドワード・スノーデン――一九八三年生まれ。アメリカの中央情報局（ＣＩＡ）や国家安全保障局（ＮＳＡ）で情報収集などの仕事に携わった。二〇一二年に、ＮＳＡが電話回線を傍受していることや、インターネット傍受に使われているプリズム（ＰＲＩＳＭ）と呼ばれる検閲システム、その他の監視活動についてメディアに暴露した。情報暴露は香港で行い、その後ロシアに渡った。現在スノーデンは、市民のデータが最大限暗号化されるような、監視から自由なインターネットの必要性を訴えている。

○政治に携わることで自分を見いだした人

エイブラハム・リンカーン――一八〇九年にケンタッキーの開拓農民の子として生まれた。九歳で母を亡くし、青年期になるまで一家の労働や雑用に追われる暮らしで、教育はほとんど受けられなかった。その間、さまざまな事情から一家はケンタッキー州を出てインディアナ州へ、次いでイリノイ州メイコン郡へと移った。一八三一年、リンカーンは独り立ちしてイリノイ州のニューセイラムに移り、雑貨屋の店員などをして生計を立てた。あるとき地元の組合が主催する討論会に出て雄弁をふるったところ、町の名士の目に留まり、選挙に出ないかと誘われた。リンカーンは政界入りを決意し、一八三二年にホイッグ党に入った。アメリカ合衆国第一六代大統領に就任したのは一八六一年のことである。

[46] 陸軍在籍中に性同一性障害と診断されていた。機密漏洩事件で判決を受けた翌日、弁護士を通じて「自分は女性である。子供のころからずっとそう思っていた」と公表し、以後チェルシー・マニングと名乗っている。

シャルル・ド・ゴール――父親は自ら創立した学校で歴史と文学を教えていた碩学で、その指導のもと、ド・ゴールは保守的な教育を受けた。だが自分は何か大きなことを成し遂げる運命にあると信じるようになり、そのために最善と思われる軍人の道を選んだ。第一次世界大戦でドイツ軍と戦い、戦後はその経験から新しい戦術を唱えるようになる。しかし第二次世界大戦でそれが生かされることはなく、一九四〇年六月にフランス軍は敗走し、一七日にペタンが首相となって休戦を申し入れた。ド・ゴールはペタンの命令に従わずロンドンに亡命し、翌一八日にBBCラジオで対独抵抗を呼びかけた。

マーガレット・サッチャー――一九二五年、リンカンシャー州グランサム生まれ。父親は商人で、メソジストの敬虔な信者であり、一九四五年から一九四六年にかけてグランサムの町長も務めた。サッチャーは奨学金を得て町の女学校に進み、一九四三年にオックスフォード大学に進学。だがそこで専攻したのは政治ではなく、化学だった。のちにノーベル化学賞を受賞することになるドロシー・ホジキンの指導を受け、優秀な成績を修めたが、心は経済や法律のほうを向いていき、自分の仕事はやはり政治だと確信した。一九四八年、オックスフォード大学保守連盟の会長を務めた経験などを買われ、保守党からダートフォード（労働党の牙城）を勝ち取るための候補者として指名された。だが一九五〇年、一九五一年の下院議会議員選挙では落選し、ようやく政界入りを果たしたのは、デニス・サッチャーと結婚し、働きながら夜間と週末に法律の勉強をして弁護士資格を取得したあとのことだった。一九五九年に下院議員に初当選し、一九七九年にダウニング街一〇番地へとたどり着いた。

ルイス・イナシオ・ルーラ・ダ・シルヴァ――一九四五年、ブラジルのペルナンブーコ州生まれ。父親が出稼ぎに出ていたため母親は一人で八人の子供を育てなければならなかったが、七歳のときに父親が別の家庭をもっていたことがわかり、母親はますます追い詰められた。子供たちも働かなければならず、ルーラ・ダ・シルヴァも一二歳で学校をやめて靴磨きを始め、やがて自動車工場の工員になった。一九六〇年代末、ブラジルが高度経済成長を遂げていながら労働者にその恩恵が回ってこないという状況のなかで、労働組合運動に参加。一九七五年にサンパウロの鉄鋼労働者組合の組合長に選ばれ、一九八〇年に労働者党の立ち上げに参加し、二〇〇三年にブラジル大統領に就任、二〇一一年まで務めた。

ジョコ・ウィドド——一九六一年、インドネシアのジャワ州スラカルタ生まれ。家は貧しく、学費を自分で稼ぎながら大学で木材加工を学んだ。その後家具製造の会社を作るが最初は失敗し、やがて家具の輸出でようやく成功する。二〇〇五年に町の貧困と役所の腐敗の実態を知って一念発起し、スラカルタ市長に立候補して当選。その後も立候補したすべての選挙で勝利を収め、二〇一四年七月にインドネシア大統領に選出された。インドネシアで、スハルトの関係者でも軍やエリート出身でもない人物が大統領になったのはこれが初めてである。

◯与えられた人生を捨て、言葉で世界を変えた人

偉大な宗教の開祖はほとんどこれに当てはまり、氏素性や階級を捨てて自分の道を切り開いている。

ゴータマ・シッダールタ（釈迦）——紀元前六世紀、現在のインドのウッタル・プラデーシュ州に当たる地域（ネパールとの国境に近い）を治めていた領主の子として生まれた。だがやがて人間の苦しみ（生・老・病・死の四苦）を知り、二九歳で地位も家族も捨てて修行に入り、三五歳で悟りを開いて仏陀となった。

モーセ——エジプトの王宮で王女の子として育った。

成人してからヘブライ人の惨状を知り、ヘブライ人の労働者を打っていたエジプト人の監督を打ち殺した。自分が実はレビ族〔訳注47〕の生まれで、ファラオの娘に拾われたのだと知ったモーセは、王族という身分を捨て、同胞の奴隷たちの先頭に立って彼らを解放へと導いた。

預言者ムハンマド——五七〇年ごろマッカ(メッカ)の商人の家に生まれ、六歳で孤児になり、祖父と叔父に育てられた。二五歳で金持ちの未亡人ハディージャと結婚し、周囲からも尊敬される裕福な商人となった。だがムハンマドの人生はそのままでは終わらなかった。四〇歳のときに洞窟で瞑想していると大天使ガブリエルが現れ、神の教えを広めるよう命じた。そこで唯一神の教えを説きはじめたが、マッカの有力者たちからは迫害を受けた。六二二年にマッカを出てマディーナ(メディナ)に移り、この地を拠点にイスラム共同体を作り上げた。六三二年に没するまでにムハンマドの口から弟子たちに伝えられた神の啓示が、のちのイスラム教の聖典『コーラン』の基である。

〔47〕イスラエルの氏族の一つ。祭司の家系で、継承する土地をもたないため、一二支族には数えない。

第三部

〈自分になる〉ことについて考えた人々

押し付けられた運命と格闘してきた人々の歴史

押しつけられた運命との取り組み

第二部に挙げた例はほんの一部にすぎないが、それでも次のことはどれも可能だとわかっていただけたのではないだろうか。

◎がんじがらめに見える人生から自由になる。
◎あきらめない。
◎人に頼らない。
◎周囲から期待される生き方をあえて捨てる。
◎〈甘受者＝要求者〉でなくなる。
◎人生の手綱を自分で握り、〈自分になる〉ことに成功する。

そしてさらに、

◎人のために何かできる人間になる。

◎避けがたいものに見える〈悪の台頭〉から何とかして世界を守る。

これまでに多くの人々が、だいたいにおいて苦しく険しい状況のなかで、〈自分になる〉ことを成し遂げてきた。結果的に有名になった人もいれば、無名のままの人もいる。その手法も精神、芸術、哲学、あるいは経済とさまざまだった。彼らは天命に従い、あるいは何らかの出会いに刺激され、もしくはどうしようもないところに追い込まれて自分の道を切り開いた。

そのほとんどは〈自分になる〉ことに関する手引きを見たわけではないし、理屈を学んだわけでもない。ただ勇気と直感に従い、時に退路を断ち、時にその場の機転で〈自分になる〉ことを成し遂げてきた。

その一方で、この問題について理論的に考えた人もいる。つまりこんな疑問に答えを出そうとした人々のことである。

◎どのような実践、どのような理論によって自分にたどり着けるのか。
◎どうすれば人に期待せず、自ら立ち向かう勇気がわいてくるのか。
◎どうすれば自分で切り開く「自由」と諸条件からくる「制約」を同時に引き受けることができるのか。

要するに、

◎どうすれば自分になれるのか。

これらの問題をめぐって、これまでに多くの神学者、哲学者、著述家が見解を述べてきた。書籍もたくさん残されていて、そのなかには取り組み方を解説したものもあれば、押しつけられた運命など跳ね返してしまえと促すものもあれば、逆にそれを受け入れよと説くものもある。

そこで、第三部では〈自分になる〉ことに関連する思想史を手短に振り返ってみようと思う。

第一章　宗教と哲学は何を語ってきたか

宗教と人間の自由

当然のことながら、ほぼすべての宗教は人間が〈自分になる〉ことを認めない。人が自由に人生を選ぶことを認めないし、人が与えられた運命を拒否して自己を獲得することを認めない。ほぼすべての宗教にとって、人間は神々（あるいは神）に属するものであり、神々のものであり、神々の気まぐれに、あるいは神々が創造した自然の気まぐれに従うしかない。この世で人は与えられた運命から逃れることはできないし、したがって逃れようとじたばたしてはいけないし、またあの世はどうかというと、これもまた「神々（あるいは神）のみぞ知る」とされている。

同様に、王侯や武将や聖職者も神々（あるいは神）の名を借りて、何らかの条件を男たちに押しつけてきた。そして男たちも、自分の条件を女たち、子供たちに押しつけてきた。こうして人間は自分のために考えることをやめ、自由意志の及ぶ範囲が狭いことに慣れ、〈自分になる〉ことを〈臣下になる〉ことに置き換えた。したがって多くの神学者は、自由の実践は対立や暴力につながるものだと考えた。

ほぼすべての宗教にとって〈自分になる〉ことが唯一可能なのは死後の世界のことだが、そこへ至るためにはこの世で神々の掟と、その現れである自然の摂理に最大限従わなければならない。どういう形であれそれに逆らえば、最後の審判によってあの世での成功を奪われる。

まずメソポタミア文明を見ると、現存する最古の文学作品として、紀元前三〇〇〇年紀から二〇〇〇年紀に編まれた『ギルガメシュ叙事詩』があるが、その内容は永遠の自己探求であり、〈自分になる〉ことについての最古の記述とも言える。ギルガメシュは三分の二は神、三分の一は人間の血を引いたウルクの王で、度を超した言動により神々の怒りに触れる。その後永遠の命を求めて旅に出、やがて「大洪水を生き延びて不死を得た者」と出会うが、結局は死すべき者としての人間の条件を受け入れる。

次にアメリカ先住民に目を向けると、彼らの祖先はシベリアから来たと考えられるが、そのうちのアナサジ族を祖先とするアリゾナのホピ族の神話が興味深い。

この神話には四つの世界が描かれていて、どこにおいても人間は自由でありながら身勝手な行動しかしない。そのためにごく一部を残して滅ぼされ、次の世界へと移り、今度こそ正しい行いをするよう諭されるが、結局は同じことを繰り返す。

第一の世界はトクペラ（無限の空間）という黄色い世界で、人間はここで誕生し、幸せに暮らしていた。だがやがて神々に背くようになり、好き勝手なことを始め、争いごとを繰り返したため、火によって滅ぼされてしまう。敬虔で神に逆らうことがなかったほんの一握りの人間だけが生き残り、次の世界に送られた。

第二の世界はトクパ（暗い真夜中）という青い世界で、人間はここでも必要なものをすべて与えられた。ところがまたしてもそれ以上を望み、富の蓄積に躍起になり、あちこちに村を作り、神を忘れ、互いに争うようになったため、氷によって滅ぼされてしまう。神々に忠実だったほんの一握りの人間だけが生き残り、次の世界に送られた。

第三の世界はクスクルツァ（意味はわかっていない）という赤い世界で、人間はまたしても自分で運命を決めようとし、大きな町を建設し、権力欲に走り、戦争を始めたため、今度は水によって滅ぼされてしまう。

そしてほんの一握りの人間だけが生き残り、第四の世界ツワクァチ（完全な世界）に送られる。この第四の世界が今わたしたちが生きている世界で、これも同じ理由で近々滅ぼされ、そのあとには第五の世界があるが、それが人間に与えられる最後の機会だとされている。

このように、ホピ族の神話においても「自由」は必ず「争い」に結びつくものと考えられている。

神は自由になれとアブラムに説いた──ユダヤ教の場合

では、不死の希求はさておき、本来の〈自分になる〉こと、つまりこの世で自分を見いだすという問題を最初に——あるいは少なくとも初期のころに——投げかけた思想は何かというと、それはユダヤ教である。現代の〈自分になる〉こともユダヤ教から大きな影響を受けているので、ここで少し詳しく述べておきたい。

ユダヤ教においては、世界の創造の意味、ならびに地上での人間の役割は、神が未完成のままにした世界の修復（tikkun olam）と、これまた神が未完成のままにした人間の修復（tikkun HaAdam）にあるとされている。

そもそもそれがヘブライ人の始祖であるアブラハムの物語の目的であり、それはモーセを介してヘブライ人に神の律法が与えられるよりはるかに前の話である。

もちろんこの物語はモーセの生涯と同じように想像上の象徴的なもので、アブラム（のちのアブラハム）が父の家を出るところから始まる。アブラムは過去の偶像崇拝を断ち切って自分自身の運命を切り開こうとし、新たな世界観を築き、新たな民族の父となる。

これについては「創世記」の第一二章第一節から第九節にかけて書かれているが、冒頭をヘブライ語から直訳すると「あなたはあなたのために、国を、生まれ故郷を、父の家を離れて、わたしが示す地に行きなさい」となり、旧約聖書の一般的なフランス語訳では「あなたは国、生まれ故郷、父の家を離れて、わたしが示す地に行きなさい」［訳注1］とされている。

これは一見すると、アブラムが神の命に従うことを自覚した場面であるように思える。つまりアブラムの運命は自由になることではなく、神の掟に従うことであり、この言葉は単なる命令でしかないように思える。

しかしながら、ヘブライ語の原文の意味合いはもっと微妙で、前掲の解釈以外にもいろいろな解釈が可能なのだ。そもそも公式の解釈では言葉の順序がおかしい。国を離れようとする者は、すでに生まれ故郷をあとにしているはずで、さらにその前に父の家を出ているはずだ。つまり普通なら神はアブラムにこう言うはずである。

「あなたの家を離れ、それから生まれ故郷を離れ、そして国をも離れなさい」

原文のおかしな順序がそのまま意味をもつようにするには、別の文脈で解釈する必要がある。するとまったく別の理屈が浮かび上がり、この文章を世界初の〈自分になる〉ことの手引き、つまり自由の実践の手引きであるかのように解釈することも可能になる。

最初のLek Lekha, Me'Eretsera（直訳は「あなたは、あなたの国を離れて、あなたのほうへ行きなさい」）を「あなたはあなたの国を離れなさい」と解釈するのではなく、「あなたはあなたの意思を離れて、あなたのほうに行きなさい」と解釈することもできる。なぜなら「国」ないし「土地」を意味するEretsは、「意思」を意味するRatsonと同じ語源から来ているからだ。つまり、自分を掌握するためには、まず欲望の幻想から逃れ、自分の意思だと自分で信じているものから自由になる、つまりいったんすべてを手放す必要があると解釈することができる。これが解放の第一歩である。

だとすれば、続く「生まれ故郷を離れ」も隠喩と見て、心の奥深くに染みついた思い込み、生まれてからこれまでに自分の精神に根を張ってきた思い込みを捨てることと解釈できる。特に大事なのが、暴力を生む恐れのある思い込みを捨てることだろう。

さらに「父の家を離れ」も、一族の教えを捨てることと解釈できる。一族の教えとは最も正当に見える教えであり、代々家に伝わってきて、自分もそれを受け継いで子孫に伝えなければならないと人が信じ込んでいるものだ。また、「父の家」で崇められていた偶像を捨てることも意味する。

まとめると、アブラムは自分の欲望を捨て、それまでの世界観を捨て、その世界観に根差した思い込みも捨て、さらに他者の意思、とりわけ（生物学上および精神上の）家族の意思からも離れなければならない。

しかしそうしてアブラムが自由になるとしたら、その目的は何だろうか？

Erets を従来どおりに解釈すれば、アブラムが自由になる目的は「わたし（神）が示す地に行く」ためである。しかしそれがどこなのかは明示されていない。原文が示すのは名のない地でしかなく、征服された土地でもなければ、約束された土地でもない。ただ「わたしが示す」としか書かれていない。

ここも Erest ではなく Ratson の意味で解釈するとしたら、「わたしが示す意思のほうへ」という意味になる。だとすればアブラムの旅の目的はある土地にたどり着くことではなく、欲望や思い込みや

【1】新共同訳は「あなたは生まれ故郷、父の家を離れて、わたしが示す地に行きなさい」。

文化による意思を乗り越えて、より優れた意思へとたどり着くことである。

つまり、完全に自由なままでいるのかそれとも神を受け入れるのかは、自分で選ぶことができる。神を認めるかどうかを決めるのは自分自身なのだと人間に気づかせること。それこそが人間の解放なのだという考え方が見えてくる。

さらに言い換えれば、（神が望むような）他者の自由を守るために自由意志に限界を定めることができるというその能力こそが、人間の本当の自由だという意味にもなる。

実際、自由意志に限界を設けるという選択は、人間を対立から解放するための条件になる。なぜなら対立は、聖書がカインとアベルの話で示しているように、所有から生じるものなのだから。

神の律法が人間に与えられるのはアブラムよりはるかにあとのモーセの時代だが、その個所でもヘブライ語の原文は、律法が実は人間の自由の肯定であると解釈できる書き方になっている。実際、あるミドラッシュ（聖書解釈）［訳注2］によれば、「掟の板」（「出エジプト記」第三二章第一八節）とは一般的に解釈される「石に刻まれたもの」ではなく、「石のなかの自由」であるという。Harout（刻まれた）をHerout（自由）と読めばそうなるわけで、しかもこの二つの言葉はヘブライ文字では同じように書かれる。

このように、神の意思の発現であるユダヤの律法は、実は〈自分になる〉ための一つの方法、すなわち各人の自由をある条件のなかに収めることによって、対立を回避しながら多くの人が〈自分になる〉ための方法を提示していると考えることができる。

アジアの宗教が説く〈自分になる〉こと

ではヒンドゥー教はどうだろうか。ヒンドゥー教の教えに〈自分になる〉ことがあるとすれば、それはサンサーラ（輪廻）から脱することだけだろう。

サンサーラとは延々と続く転生のことで、欲望が満たされない苦しみのなか、生命は生から死へ、ある形から別の形へと絶え間なく移っていく。しかしいつかは「光明」ないし悟り――モクシャ（解脱）とも――に至り、魂が解放される。

そしてそこに導いてくれるのはただ一つ、サンスクリットで言うプラマーナ（知る手段）だけである。プラマーナによってこそ、人は主体の深い本性を理解できるようになる。つまり、人の本当の自由とは対象と一つになることであり、それによって欲望から解放されるのだと。

古代インドの哲学書『ウパニシャッド』――ヴェーダの最後の部分であり、ヴェーダーンタとも呼ばれる――でも「汝はそれである（タト・トヴァム・アスィ）」[訳注3]という思想が説かれていて、これがインド哲学の根本思想になっている。

また、古代インドの叙事詩『マハーバーラタ』[訳注4]のなかでは、ヴィシュヌ神の化身である英

[2] ラビ文献の一つで、聖書の解釈法、その結果としての特定の解釈、あるいはそれを書き記したものを指す。隠れた意味を探る、行間を読むといったアプローチを特徴とする。

[3] Tat Tvam Asi「梵我一如」のこと。

雄クリシュナが王子で戦士のアルジュナに、ヨーガこそ〈自分になる〉道の一つだと教えている。

仏教における〈自分になる〉ことの理想は、三つの煩悩（むさぼり、怒り、無知からくるもの）から脱し、ニルヴァーナ（心の平安、涅槃）に至ることと考えられている。そのためには仏陀が「四つの真理」（四諦）と呼んだものを理解しなければならない。これを要約すれば、「この世は苦しみに満ちているが、すべての苦しみには原因があり、その原因を知ることで苦しみを滅することができる」となる。仏陀はその実践のための方法も「八つの道」（八正道）として説いていて、これが主として瞑想によってニルヴァーナに至る道である。

自分で運命を選ぼうとしたギリシャの人々

同じころ、アナトリア、アッティカ、ペロポネソスの人々——のちにギリシャ人と呼ばれることになる人々——もまた、人間はこの世で運命を選ぶことができるのかどうかについてあれこれ考えていた。一方、不死は神の領域のものとされ、明確な言及がない。

この地域の最も古い思想家たちの世界観は、それ以前の他の地域の世界観と同じである。つまり、人は定められた運命から逃れることはできず、神々にもてあそばれる存在だと考えられていた。あえて逃げようとすれば悲劇が待ち受けている。悲劇を避けるにはコスモス（宇宙、世界）との調和を求めるしかないのだが、ここでもやはり人間は失敗する。たとえばオイディプスは、「父を殺して母を娶ることになる」という神託を避けようとあらゆる努力を払ったが、結局は自分でも知らぬ間に神託どおりのことをしていた。

英雄テセウスも、自ら人生を切り開くことを誰よりも強く望んだが、怪物どもと対決する大冒険の旅に出たきっかけが、父アイゲウス（アテナイの王）が大岩の下に残していった剣とサンダルだったことを考えると、結局のところ父の意思に従ったにすぎないとも言える。また、父に会いにいく旅の途中、コリントスで旅人を食い物にしていた山賊を倒し、クロミュオンでは人々を恐怖に陥れていた大イノシシを倒すなど大活躍し、また父との再会を果たしたあとも、クレタ島の牛頭人身の怪物ミノタウロスを倒すことでクレタ王ミノスに強要されていた生贄制度に終止符を打つなど、父と国のために奮闘したが、それにもかかわらず、ちょっとした不注意から父の死を招いてしまう。

だがその後ギリシャ思想は徐々に変化して神々の束縛を脱し、ユダヤ教に見られた自由思想へと向かっていった。

ギリシャ人は自分との対話によって己を知ることから始め、そのうえで自分の運命を選ぼうとした。それを最初に試みたのはオデュッセウスで、その結果戦争から平和へ、憎しみから愛へ、混沌から調和へ、追放から帰還へ、悪から善へと向かった。女神カリュプソから不老不死の命を与えようと言われたときも、自分の意思でこれを拒んだ。イタケ島に戻り、王宮で我が物顔に振る舞っていた者たち

［4］ヒンドゥー教の聖典の一つでもある。

への復讐を計画する場面でも、「我が心よ、ここは辛抱だ！」（ホメロス『オデュッセイア』第二〇歌）と叫び、自分自身と対話して行く道を決めている。

少し時代を下って紀元前六世紀ごろには、エフェソスのヘラクレイトスがやはり「己を知ること」を自由と英知の実践――要するに〈自分になる〉こと――の条件だと考えた。著書は断片しか残されていないが、断片一〇一に「わたしは自分自身を探し求めた」とある。また断片一〇二には、そこへ導いてくれるのはロゴス（理性）なのだから、真実を語り、物の本性に耳を傾けながら行動すればいいと書かれている。さらに断片一一六には、「己を知り、己を制することは、誰にでもできる」とある。

紀元前四世紀から三世紀のエピクロス学派とストア学派の考え方は、ある意味ではヒンドゥー教や仏教に近く、人間は自分の道を決めるに当たって、まず自分にはどうにもならないもの――その筆頭が死である――を理解するべきであり、そうすれば自分次第でどうにかなるものについてより正しい行動がとれるようになるとする。たとえばエピクロスは「メノイケウスへの手紙」のなかで、「死はわたしたちにとって何の意味もない。わたしたちが存在するかぎり死は存在しないのだし、ひとたび死が存在すればわたしたちはもはや存在しないのだから」と書いている。またキニク学派のディオゲネスは初期の仏教徒と同じようなことを述べていて、選ぶに足る唯一の人生とは、社会の慣習や無用の快楽を捨て、禁欲によって「至上の善」に達することだとし、「人は質素に生き、欲望を捨て、必要を最小限にとどめなければならない」と書いている。

ディオゲネスと同時代のプラトンにとっても、人生の舵をとること、〈自分になる〉ことはまず「汝自身を知れ」から始まる。これはデルフォイのアポロン神殿の入り口に刻まれていた格言で、それをソクラテスが座右の銘にしたといわれている。プラトンは、己を知るにはまず問答――ソクラテスの言う「産婆術」――を通して自分の有限性、自分がこの世界に占める場所を認識しなければならず、それを拒否すればヒュブリス（傲慢）に陥ると考えた。プラトンにとって唯一の自由な〈自分になる〉ことは、ヌース（知性）の世界の探求にあり、なぜならその世界には限界がなく、しかもわたしたちのなかにあると同時に、神々の不変の真実ともつながっているからである。『ティマイオス』ではこう述べている「学への愛と、真の知に真剣に励んで来た人、自分のうちの何ものにもまして、これらのものを鍛錬して来た人が、もしも真実なるものに触れるなら、その思考の対象が、不死なるもの、神的なるものになるということは、おそらくはまったくの必然事なのでしょう」[訳注5]

同様に、アリストテレスにとって唯一可能な〈自分になる〉こと――つまり悲劇を避けると同時にコスモスの調和を乱さない〈自分になる〉こと――は、「瞑想生活」を送ることである。しかもそれは、少なくとも部分的にわたしたちを死すべき運命から解き放つことによって、「完全な幸福」に導

[5] プラトン全集12『ティマイオス クリティアス』所収「ティマイオス」種山恭子訳、岩波書店、一九七五年、一七四ページ。

いてくれる唯一のものでもある。

『ニコマコス倫理学』にこうある。「したがって、『人間である以上、人間のことを慮れ』とか、『死すべき者である以上、死すべき者のことを慮れ』という忠告をする者たちに従うことなく、むしろ、できるかぎり自分を不死なものにするべきであり、自分のうちにあるもっとも優れたものに従って生きるために、できることは何でもすべきである」〔訳注6〕

キリスト教における〈自分になる〉こと

次はキリスト教だが、ユダヤ教とギリシャ思想の接点から生まれたとも言えるキリスト教においては、人間は善か悪かを選ぶ自由をもち、神（あるいは神の言葉を地上に伝えた者）が提示する救済を受け入れるかどうかを選ぶ自由ももっている。

しかし〈自分になる〉に際して人間が求めるべきことはただ一つ、「救われる」こと、つまり生まれ変わることだけである。「わたしの言葉にとどまるならば、あなたたちは本当にわたしの弟子である。あなたたちは真理を知り、真理はあなたたちを自由にする」（「ヨハネによる福音書」第八章第三一〜三二節、以下いずれも新共同訳）。

タルソス〔訳注7〕のパウロは「ローマの信徒への手紙」のなかで、「真の自由」とは洗礼によって罪に対して死んだあとで、キリストの言葉を重んじ、実践する幸福な人生を送ることだと述べている。「わたしたちは洗礼によってキリストと共に葬られ、その死にあずかるものとなりました。それは、キリストが御父の栄光によって死者の中から復活させられたように、わたしたちも新しい命に生きるためなのです」（第六章第四節）。「わたしたちの古い自分がキリストと共に十字架につけられたのは、罪に支配された体が滅ぼされ、もはや罪の奴隷にならないためであると知っています」（同第六節）。

罪から解放された信者は、再生を望めるだけではなく、「神の霊」によって生きることができる。そして神の霊によって生きれば欲望に打ち勝つことができる。「肉に従って生きるなら、あなたがたは死にます。しかし、霊によって体の仕業を絶つならば、あなたがたは生きます。神の霊によって導かれる者は皆、神の子なのです」（第八章第一三～一四節）。そして「神の子供たちの栄光に輝く自由にあずかれる」（同第二一節）、すなわち永遠の命にあずかれる。

さらに「ガラテヤの信徒への手紙」で、パウロは「人は律法の実行ではなく、ただイエス・キリストへの信仰によって義とされる」（第二章第一六節）とも述べている。つまり人が救われるには善行を積むだけでは足りず、信者でなければならない。

少しあとの時代に、教会内部でペラギウスかアウグスティヌスかという論争が巻き起こった。ペラギウスは、人は善行のみによって救われうる（生まれ変わりうる）と主張し、一方ヒッポのアウグス

［6］アリストテレス全集15『ニコマコス倫理学』神崎繁訳、岩波書店、二〇一四年、四二四ページ。
［7］今日のトルコのタルスス。聖パウロはここで生まれた。

ティヌスは、人の自由意志は原罪によって損なわれているので、神の恩寵なくしては救われないと説いた。

結局アウグスティヌスの主張が通り、以後キリスト教会では「人は行為だけでは救われない」と考えるのが正統とされることになった。さらに、富は救済への道を閉ざし、貧は救済への道を開く（それだけでは足りないが）とされている。つまり経済的な次元で〈自分になる〉ことを選択すると、救済されないことになる。

イスラム教における人間の自由

人間の自由をめぐる論争はイスラム教においても再現された。初期のカダル派やムータジラ派、アシュアリー派、マートゥリーディー派などがこの問題をめぐって論争を繰り広げた。

しかし今日の多数派であるスンニー派の教義では、この世の事柄は、人知の及ぶものも及ばないものも含めて、すべてあらかじめ神によって定められているとされている。つまり人が〈自分になる〉ことを選べるのは、どう定められているかを知らないからでしかない。全知である神は過去も現在も未来も知っているが、人は未来を知らない。ただ人は善の道と悪の道を知り、どちらかを選ぶ自由だけを与えられている。

『コーラン』には「感謝の心しる者（信仰ぶかい人間）になるか、恩知らずになるか、とにかく（一度は）正道に導いた」（第七六章第三節）［訳注8］、さらに「そして二つの道（善の道と悪の道の分れ）まで連れて来てやった」（同第九〇章第一〇節）［訳注9］と書かれている。

人は分別と理解力と神に与えられた自由によって、自分で学び、理解し、最悪のことも最善のことも選ぶことができる。そして未来を知らずに選ぶからこそ責任が生まれ、その責任が最後の審判で問われる。「魂にかけて、またそれを造り上げ、悪徳と畏懼の念を教え給うた者（アッラー）にかけて。栄達疑いないぞ、（わが魂）を浄らにする人。没落疑いないぞ、（わが魂）を汚す人」（同第九一章第七〜一〇節）［訳注10］

こうした紆余曲折を経て、西暦一〇〇〇年に近づくころには、人間が自ら人生の舵をとりたい、自分を選びたいと望むようになるための準備がすべて整った。


［8］井筒俊彦著作集7『コーラン』井筒俊彦訳、中央公論社、一九九二年、七七五ページ。

［9］井筒俊彦著作集7『コーラン』井筒俊彦訳、中央公論社、一九九二年、八一五ページ。

［10］井筒俊彦著作集7『コーラン』井筒俊彦訳、中央公論社、一九九二年、八一六〜八一七ページ。

第二章　現代思想における〈自分になる〉こと

人がこの世で幸せに生きる権利を求めて

西暦一〇〇〇年を過ぎてから、人が運命を選びうるかどうかの論争は、少なくともヨーロッパではますます激しくなっていった。ヨーロッパ大陸に住む人々が人生を掌握したいと思う気持ちは徐々に強まり、それはまず、お仕着せの結婚を拒むとか、貴族の次男以下に生まれて修道院に入れられそうになったのを拒むといった形で表れた。

続いて、フランドルやイタリアの商人たちが、この世の人生はすべて神と教会の掌中にあるという考え方を拒むようになった。また、貧しさだけが救済への道であるという教えにも反発を感じるようになった。自ら試みることで人生は変わると知った彼らは、富が救済への道を閉ざすなどとはもはや信じたくなかった。

こうした変化に対してカトリックの神学者たちは、人の運命は人次第ではなくあくまでも神次第であり、永遠の命に手が届くのは貧しい者だけだと説きつづけた。たとえば、一七世紀初頭にベルギー西部のイーペルの司教だったコルネリウス・ヤンセンはこう述べている。神は「充足的恩恵」〔訳注11〕を用意され、これは人の自由な協力があれば人を救済に導きうるものだが、救済に至るには「効果的恩恵」〔訳注12〕も生涯維持しなければならず、これは神がいつでも人から取り上げることができるものである。その効果的恩恵を維持するためには、貧しさと禁欲のうちに生きるのが最もよい。

ブレーズ・パスカルも一六五四年の神秘的体験によって改めて信仰を深め、神の恩寵を弁護する立場となった。そんなパスカルにとっての〈自分になる〉ことはもちろん願望の実現などではなく、人間に善と悪を見分けさせようとする――つまり悪を好む自由も残している――神の存在を認識することだった。『パンセ』には、「あなたがたの光のすべてをもってしても、結局のところ真理も善もあなたがた自身のなかにはないと悟るのがせいぜいだ」とある。また、たとえ人間の行動の唯一の動機が幸福願望であるとしても、その幸福を与えることができるのは神だけであり、またその神に近づくことができるのは神を見ようと望む者だけだと考えた。同じく『パンセ』に、「ひたすら神を見ようと

〔11〕カトリック神学上の概念で、神の恩恵は人間の自由意志による同意があって初めて効果を生じるという考え。後述のルイス・デ・モリナが唱え、論争を巻き起こした。

〔12〕充足的恩恵の対立概念で、人間が救われるとすればそれはただひとえに神の恩恵によるものであり、人間の意思はかかわりがないとする考え。

する者には十分な光があり、そうでない者には深い闇がある」とある。

一方、同時代の神学者のなかには、物質的成功は救済を妨げるものではないと示唆する人々も現れた。たとえばジュネーヴで宗教改革を先導したジャン・カルヴァンは、一五三〇年ごろに、人はその意思とも、暮らしぶりとも関係なく、ただ神の意思によって救われると主張した。もう一人の宗教改革者であるドイツのマルティン・ルターは、一五二〇年に発表した文書「キリスト者の自由」のなかで、「よい行いをするからよい人間になるわけでは決してなく、よい人間がよい行いをするのである」と書いている。つまりよい行いは——物質的成功を伴うものもあるわけだが——神に選ばれる条件ではないとしても、一つのしるしにはなる。

スペインのイエズス会士、ルイス・デ・モリナが率いた学派はさらにその上を行き、善を行うことで救済されると言うのなら、その救済が物質的成功によって損なわれるはずはないと主張した。

その後、人がこの世で望みをかなえる権利、この世で幸せに生きる権利は、教会内外の思想家たちによって少しずつ認められていった。しかし配偶者や職業の選択の自由はそこに含まれておらず、それらはなお家父長の特権でありつづけた。

存分に生きろと説いたモンテーニュ

一六世紀の例をあと二人紹介しておこう。

フランスの政治理論家エティエンヌ・ド・ラ・ボエシは、弱冠一八歳で書いた一五四九年の『自発的隷従論』のなかでこんな考え方を披露している。人は何よりも自由を望み、隷従から逃れようとする。したがって、あえて逃れないとすれば、それは隷従を暗黙のうちに選んだからであり、少なくともある程度は隷従を楽しんでいるからである。なぜなら、いかなる暴君も人民全員に命令を押しつけることなどできないのだから。なにしろ暴君には「二つの目、二本の手、一つの体しかなく、その点ではわれわれの諸都市の無数の住民たちと何ら変わらない」。

ド・ラ・ボエシの友人だったミシェル・ド・モンテーニュは、自分について書くことなく自分を見いだすことはできないというギリシャの考え方に戻った。『エセー』の第二巻第一八章にこう書いている。「人のために自分を描くようになったことで、わたしは以前よりはっきりした色で自分を描けるようになった。わたしがこの本を書いたというよりも、この本によってわたしが書かれたということであり、つまりこの本とその著者は同質なのだ」。また最後の章（第三巻第一三章）でよい生き方について論じ、「最も美しい人生とは、（中略）奇跡や驚きに満ちたものではなく、ごく普通で人間らしい、秩序ある人生のことである」としている。

そして人々に、無為に日々を過ごし、時が流れるに任せるのではなく、存分に生きろと勧める。「人生に追われているとか、人生が無駄に過ぎていくと思うなら、そのときは自分を責めるしかない。（中略）わたしなどはもうあまり時間がないとわかっているから、その短い時間をせめて重みのあるものにしたい。時がすばやく逃げ去ろうとするなら、こちらも速度を上げて時をつかまえたい。時の流れが速い分を、力強く生きることで埋め合わせしたい。生きられる時間が短ければ短いほど、より深く、存分に生きるべきだとわたしは思う」。そのためには人生の楽しみを「学び、味わい、かみしめる」べきであって、「上滑りに」楽しむのではいけない。そして何よりも行動しなければならない。「今を忘れ、自分が手にしているものも忘れて希望の奴隷となり、幻想が行く手に差し出す影法師を追う」人々のように、よりよい未来をただ夢見るばかりでは意味がない。「わたしは踊るときは踊る。眠るときは眠る。美しい果樹園をひとりそぞろ歩くときも同じことで、途中で思考がどこかへ飛んでいくことがあるとしても、その思考は必ず散歩そのものに、果樹園そのものに、心地よい孤独に、そしてわたし自身に戻ってくる」

その後およそ二世紀のあいだに、シェークスピア、モリエール、マリヴォー、そしてボーマルシェが若者たちを（男も女も）さまざまな束縛から解放した。

徳を高めること、理性を使って大人になること

一八世紀後半には、モンテーニュに続くもう一人の〝散歩者〟であるジャン＝ジャック・ルソーが、『孤独な散歩者の夢想』の「第三の散歩」で自分へと導く道について語っている。経験からの学びを重視するルソーにとって、〈自分になる〉こととは徳を高めることでしかありえない。

ルソーはまず古代ギリシャの詩人ソロンの言葉「われ常に学びつつ老いぬ」から書き起こし、自分が受けた辱めや、人や社会と接して知った不幸、あるいは味わった幻滅について思い起こし、ついに新たな行動原則を定める。「確固たる思想、確固たる規範をもち、熟考のすえに理想像を打ち立て、

そこを到達点として今後は生きていこうと決めたのだ」。そしてこうつけ加える。「私自身が進歩を遂げ、生まれたときよりも善良になるのは無理にしても、生まれたときよりも徳の高い人間として死ぬことができたら、幸せだと思う」[訳注13]

またこのころ、新たな形の〈自分になる〉こととして、民主主義と起業家精神が登場してくる。

ルソーの『孤独な散歩者の夢想』の数年後には、イマヌエル・カントが『啓蒙とは何か』のなかで、当時の人間の「未成年状態」から「成年状態」への移行について説明している。

カントによれば、人間（カントは「子供」と呼ぶ）は長いあいだ知的怠惰によって無知に甘んじ、ちょっとしたことをするにも世俗あるいは宗教の権威の顔色をうかがってきた。しかし今や人間は既存の規範を打破し、あえて理性を使って大人にならなければならない。つまりカントにとっての〈自分になる〉こととは、あえて自分で考えることであり、権威（国や教会）が当然のものとして提示する理屈をあえて厳しく吟味することである。

その後は、個人の自由を人間としての至上の目標に掲げたいという欲求がはっきりした形をとって現れてくる。すなわち個人の自由こそ、〈自分になる〉ことの政治的かつ経済的な唯一の目標だという考え方である。

[13] ルソー『孤独な散歩者の夢想』永田千奈訳、光文社、二〇一二年、四二、五三〜五四、六八ページ。

搾取から自由になる

ヘーゲルは『精神現象学』のなかで、人間の自由の問題を、自己意識とその他者による認識という観点からとらえた［訳注14］。

ヘーゲルによれば、自己意識はその認識のために生死を賭けた戦いを繰り広げ、結果的に「主人」と「奴隷」に分かれる。「主人」としての自己意識は純粋で自立した自己意識で、自己保存本能を超えて死の危険を受け入れる。一方「奴隷」としての自己意識は、従属した自己意識で、自己保存本能を超えることができない。

しかし奴隷は労働＝自己形成（Bildung）をとおして、主人に従うという本性からも主人の支配そのものからも抜け出すことができる。そして、主人は生命を危険にさらしながら、奴隷は労働によって世界を変えながら、ともに人間性へと向かっていく。それがヘーゲルにとっての〈自分になる〉ことの究極の目的である。

その少しあとで、産業と資本主義、市場と民主主義が農業と封建制度をしのぐようになったころ、マルクスが登場した。

マルクスにとっての〈自分になる〉こととは、疎外と搾取からの解放である。そして解放のためには個人と社会の二つの革命が必要だと考えた。

一八四四年の『経済学・哲学草稿』では労働者からの労働の疎外について論じているが、ここで言う労働とは「身体的または知的な自由な活動」ではなく、強制された労働であり、労働者の外にあり、労働者を苦しめるものである。そして疎外を克服するには、すなわち〈自分になる〉ためには、国家や宗教による労働と消費の商品化を認識して破壊する必要がある。

また『資本論』では搾取の本質を説明し、ここでも搾取から自由になるには政治的な革命が必要だという結論に至っている。『第一インターナショナルの規約』の前文でも、「労働者階級の解放は労働者自身によって成し遂げられなければならない。（中略）（そのための闘争は）諸権利と諸義務の平等と、すべての階級支配の廃絶のための闘争である」と明記している。

アメリカでの「孤独な反抗」

ほぼ同じころ、民主主義国家としてまだ若かったアメリカでは、作家のヘンリー・デイヴィッド・ソローがやはり〈自分になる〉ことについて考え、そのためには世間から離れ、孤独のうちに生きるべきだとした。

一八一七年にマサチューセッツ州に生まれたソローはハーバード大学で学んだが、定職に就くことはなかった。一八四五年に都会の喧騒を逃れてウォールデン湖に行き、湖畔に丸太小屋を建てて二年

[14] ヘーゲルは、他者を認識することによって他者から認識される、この相互認識の関係が人間性の根本にかかわると考えた。

ほど自給自足の生活をした。そして『ウォールデン―森の生活』に自分の「孤独な反抗」について書き記すとともに、西洋式の生き方を厳しく批判した。ソローにとっては、孤独に生きることこそが自己形成に必要なものだった。また社会は人間を堕落させるので、逆説的ながら都市の人間こそ孤立するとも述べている。

その後の西洋文学の多くはこの種のナルシシスト的な自己探求にささげられることになる。作家たちはそこで主人公となり、あるいは語り手となって自己を探求した。

たとえばレフ・トルストイにとっての〈自分になる〉ことも、モンテーニュと同じように、自己分析と自主決定の手段である執筆という形をとったが、それは道徳的自己完成を目指す彷徨のようなものだった。執筆の日々のなかで、トルストイは当時の政治・経済・社会構造の対極にある生き方を絶えず模索し、毎日のように細かい規則を作っては自分に課していた。やがてそこから厳しい禁欲主義に向かったが、それは愛の掟を厳格に守ろうとする素朴なキリスト教的発想に基づいたものだった。

フロイトによる解放からユングによる調和まで

〈自分になる〉ためのこうした自己探求は、ジークムント・フロイトが一九世紀末に構築した精神分析理論からも影響を受けた。

フロイトの理論も人間を疎外から解放しようとするものだが、フロイトが言う疎外は「無意識」と「超自我」の対立に起因する。

無意識とは、言葉にできない、あるいは社会的に認められない欲望が閉じ込められている精神空間であり、一方これを検閲するのが超自我である。この対立が高じれば神経症（自我が欲動を抑圧する）あるいは精神病（自我が現実から離れて欲動のために働く）に至る恐れもあり、そうなれば人間は精神の自由を奪われてしまう。

フロイトはそのような状態に陥った患者を救うために、自由連想法と呼ばれる精神分析療法を考案した。この療法では、被分析者（患者）は頭に浮かんだことをすべて、選別せず言葉にするように言われるが、それによって無意識のなかに抑圧されたもの、患者を苦しめる思考や行為の基にあるものが明らかになっていく。その結果自分の過去を再発見し、それを受け入れることができれば、症状の改善も期待できる。

マルセル・プルーストにとっての〈自分になる〉ことも、やはり執筆という形をとった。書くという行為によって人生と世界が明らかになり、プルーストは改めて過去を自分のものにすることができた。

『失われた時を求めて』は、ロラン・バルトが言ったとおりまさに「書きたいという欲望の物語」で、そこには書こうと思うに至った様子がありのままに綴られている。特に「見出された時」の最後の、語り手が自分の計画を説明するくだりは、内省が〈自分になる〉ことに果たす役割の大きさを教えてくれる。

「結局のところ、この〈時〉の観念は、私にとってぎりぎりの価値を持っていた。それは人を奮い立たせるもので、私にこう語っていた、もしも私が自分の人生の過程で（中略）ときどきちらりと感じたもの、人生を生きるに価するかのように思わせたもの、そのようなものに到達したいと望むのなら、今こそ始めるべきときだ、と。人が暗黒のなかで送っている人生も光で照らしだすことができ、人が絶えずゆがめている人生もその真の姿に引き戻すことができる。つまりは一冊の書物のなかにそれを実現することができる。そんなふうに見えるようになった今、どんなにかこの人生は私にとって、いっそう生きるに価するように思われはじめたことだろう！　そのような書物を書ける人は、どんなに幸せだろうか！　と私は考えた。またその人の前方には、どんなにつらい仕事が横たわっているとだろう！」〔訳注15〕

ルイ＝フェルディナン・セリーヌの『夜の果てへの旅』と『なしくずしの死』も創造的自伝で、セリーヌと同じく医者で作家のフェルディナン・バルダミュという語り手を介して、作者の体験に新たな意味を与える作品である。『なしくずしの死』はバルダミュの幼年期と少年期を描いたもので、兵役を志願するところで終わり、『夜の果てへの旅』には大人になってからの体験が描かれている。バルダミュは二〇世紀初頭を特徴づけるさまざまな出来事――第一次世界大戦、アフリカにおける植民地主義、フォーディスト的生産性第一主義、そして郊外の貧困――に直面し、苦渋に満ちた〈自分になる〉ことへと押しやられていく。

もう一人、ブレーズ・サンドラール（本名はフレデリック＝ルイ・ソーゼル）もやはり自分の人生を自ら演出した。二四歳のとき、兄のジョルジュ宛ての手紙に「人生の構築が死活問題で、インスピレーションに次いで重要なことです。そもそもこの二つは密接に結びついているんです」と書いていて、現に一九四〇年代に書かれた四部作――『雷に打たれた男』、『切られた手』、『難航す』、『天の区分』――は「回想録ならぬ回想録」のようなものである。

たとえば『雷に打たれた男』にはこんな文章がある。「わたしは孤独のなかで燃え上がった。書くことは自分を焼き尽くすことだから……。書くことは火事のようなものであり、思考の混乱に火をつけ、イメージの連想を燃え上がらせ、次いでそれらをぱちぱちはぜる熾火とし、堆積した灰とする。しかし、炎で火事だとわかるにしても、なぜ火事が起きるかはわからないままだ。というのも書くことは生きながらに燃え尽きることだが、それは灰の再生でもあるから」。ここからサンドラール(Cendrars)という名が生まれた。灰(cendre)と芸術(art)を結びつけた名である。

心理学のほうではフロイトに次いでカール・グスタフ・ユングが登場し、自我(エゴ)と自己(セルフ)を区別した。

ユングにとって「自我」は意識の中心であり、己を理性的存在と見たがる西洋人によって過大評価されてきた。一方、「自己」のほうは意識と無意識を含み、いわばその人の心の全体性である。ユン

[15]『失われた時を求めて13第七篇 見出された時II』鈴木道彦訳、集英社、集英社文庫、二〇〇七年、二四七ページ。

グはこの自己を重視し、すべての生の目的は意識と無意識の調和、すなわち自己の調和に至ることだと説いた。『自我と無意識』にこうある。「自己は生の目的でもある。それこそが個人と呼ばれる運命複合体の完全な表現だからである」

ここでエマニュエル・レヴィナスも挙げておくべきなのだろう。レヴィナスにとっての〈自分になる〉こととは、〈他者〉という存在を認識することで、それが主体性（自分自身である自由）を明確化するために必要なのだとする。

ほぼ同時代のポール・リクールも〈他者〉に目を向けた。『他者のような自己自身』によれば、リクールにとって〈他者〉は自己に相対するものであるばかりか、自己そのものの構成要素ともなる。

わたしたちと同じ時代を生きる探究者たち

今日、ますます多くの人々が自分になろうとしている。心と体を掌握するには、体重を減らすには、たばこや酒をやめるには、感情をコントロールするには、自分を見いだすには、人生を成功させるにはどうしたらいいかについて、体験談や方法論が次々と紹介されている。ある人々は自分の体を知ることから始めようと言い、それは心と違って体は嘘をつかないし、出口のない道に迷い込む恐れもないからだと説く。またある人々は自己鍛錬から始めようと言う。それが突破口となり、よりよい認識がもたらされるのだからと。

特にアメリカでは、数十年前から〈自分になる〉ことについて数多くの本が書かれてきた。その著者のほとんどが、〈自分になる〉ことこそ、幸福への最も確実で最短の道だと考えている。彼らは成功した起業家、ライフコーチ、精神科医といった立場から、それぞれに独自の方法を著書にまとめている。

優れた自己啓発作家としては、たとえばジム・ローンが挙げられる。一九三〇年生まれのアメリカの起業家で、アイダホの農家で育った（二〇〇九年没）。一九九一年の『人生の謎を解く五つの鍵』が有名だが、この本でローンは人生の成功の鍵になる五つの要素を挙げ、それぞれについてどうすればいいのかを伝授している。すなわち、「哲学（ものごとをどう考えるか）」、「結果（自分を目標に対してどう位置づけるか）」、「態度（ものごとをどう受け取るか）」、「活動（目標達成のためにどう行動するか）」、「ライフスタイル」の五つである。また人生が短いことを強調し、与えられた時間を有効に使うべきであり、そのためにも継続的な自己管理が大事で、これが成功につながると説いている。

ハーバード大学のマーガレット・ムーアとポール・ハマーネスも有名だ。二人は二〇一一年の『心を整理し、人生を整理しよう（Organize your Mind, Organize your Life）』で、心の平和ないし秩序を手に入れるための原則として次の五つを提唱している。負の感情をコントロールすること。集中するのは一度に一つにすること。周囲からの邪魔にうまく対処すること。短期的記憶力を最大限に使うこと。一つ仕事が終わったら次へ俊敏に動くこと。

カリフォルニアの精神科医だったウィリアム・グラッサー（二〇一三年没）は「選択理論」と「現実療法」を提唱した。選択理論は基本的に次のように考える。人間のすべての活動は一つ一つの行動からなる。その行動のほぼすべては自分が選択したものである。行動は五つの基本的欲求によって動機づけされているが、なかでも最も重要なのが愛の欲求である。他者とのあいだに安定した愛情関係を築くことができないと不幸になり、愛情の欠如は精神疾患、暴力、薬物依存などに結びつく。そこでグラッサーは、他者と安定した関係を築くための七つの態度を提案している。すなわち、聴く、受け入れる、尊重する、信頼する、励ます、支える、そして交渉する。現実療法はこれらの七つの態度を身につけさせることを基本にしている。

ハーバード大学が一九三八年から七〇年以上も続けてきた長期追跡研究「Harvard Grant Study」からも、興味深い研究成果が得られている。ハーバードの学生二六八人の男性を対象に、卒業後もずっと定期的にデータを集めつづけてきたプロジェクトで、データには健康状態や心理状態はもちろん、就職、結婚、育児など、人生のあらゆる側面が含まれている。このデータの分析からわかったことについて、一九六六年から二〇〇四年にかけて研究の指揮をとったジョージ・E・ヴァイヤンが数冊の本にまとめて発表しているが、その要点を挙げるとこうなる。

愛情ならびに強い愛情関係は幸福の基本的な構成要素で、栄光や金銭をはるかにしのぐ。愛情関係を築くことに成功した人は、よりよく生き、より長く生き、ストレスも少ない。不幸な子供時代を送ったからといって、それが生涯の足かせになることはなく、むしろ逆である。人生の試練は人に己を乗り越えさせる。そして人は自分を苦しめるナルシシズムから抜け出して他者へと向かい、幸福へと至る。

スティーブ・ジョブズは二〇〇五年にスタンフォード大学の卒業式でスピーチしたとき、自らの〈自分になる〉ことへの道のりから学んだことを三つ紹介した。ドグマにとらわれることなく直感を信じて進む。どんな状況でも前向きにとらえる。いつでも自分が大好きなことを選ぶ。そしてこう結んだ。「ハングリーであれ。愚か者であれ」

今日〈自分になる〉ことは何千万、いや何億もの人々の願望になっている。誰もがそれについて考え、意見を述べ、試みている。

そしてあなたにとっても、今こそ実行のときである。あなた自身のために、あなたの大事な人々のために、〈自分になる〉ことを実践してほしい。第四部がその助けになるはずだ。

第四部 〈自分になる〉ための五つのステップ

具体的にはどうすればいいのか

〈出来事〉、〈休止《ポーズ》〉、そして〈道〉

今の世界には絶望と希望、残虐性と優しさがないまぜになった光景が広がっている。しかし、いや、だからこそ、やがてこの世界は〈自分になる〉ことを知る人々のものになっていくだろう。それは人生の手綱を自ら握る人々であり、自力で人生をよりよいものにしようとする人々であり、誰かがどうにかしてくれると考えるのをきっぱりと、かつ早々にやめる人々である。また、いかなる横暴にも否と言える人々である。横暴にはひどく凡庸なものや、人知れずひそかに進行するものや、宿命論という仮面を被ったものがあるが、それらをすべて見抜いて否と言える人々のことだ。あるいは、誰でも人生を選ぶ自由と喜びをもつべきであり、そもそもそれ以外に決まっていることなど何もないとあえて考える人々である。さらに、以上のことが誰にでも可能になるように助ける人々のことである。

あなたがどこの誰であろうとも、真剣に望み、またそのために時間をかけて考えさえすれば、夢を形にし、学びたいことを学び、外観、愛、性、生きる場所、言語を選び、自分が何者であるかを見つけ、それを受け入れることができる。しかもそうした選択は同時でも順次でもかまわないし、一生のうちに何度やり直してもかまわない。

そんなことは無理だ、あるいはいやだと思い、いつまでも〈甘受者=要求者〉でいようとする人々は、やがてテクノロジーに浸食されてすべての蓄えが底をつき、国家も債務過多で国民を――社会的弱者でさえ――助けることができなくなったとき、結局は生活水準を維持できなくなり、転がり落ちていくしかない。

また、そんなことは無理だ、あるいはいやだと思っている国々は、国際情勢がますます混沌とし、競争も激化するなかで、衰退から凋落へ、凋落から崩壊へと向かわざるをえない。

フランスはこのままではまさにそうなるだろうし、二〇年前に始まった転落は（いやもっと前からだと考えることもできるが）、未来を自分で選ぶと決めた国民がすべてフランスを去ったとき、一気に加速するだろう。

逆に、そういう人々を積極的に受け入れる国々は、たとえ今停滞していても徐々にそこから脱し、勢いのある豊かな民主主義国家になるだろう。

誰でも、どの国でも、決断しさえすれば未来を選び取ることができる。もちろんフランスも、一人一人のフランス人も。

その証拠に、すでに指摘したように、世界がこれほど脅威にさらされているにもかかわらず、わたしたちの前にはまだ無限の希望と驚くべき可能性が広がっている。前回のルネサンスの時代と同じように、科学技術が斬新かつ力強いものになりつつある。そしてなんといっても、あらゆる分野で自由を求める声が上がっている。自由の希求はこれまでも歴史を動かす原動力となってきたが、それが今、政治、経済、社会、科学、倫理、文化、イデオロギーなどあらゆる分野で高まっている。

また、これも例を挙げたが、すでに多くの人々がチャンスを逃さず自ら人生を選んでいるし、今後世界中に同じ動きが広がっていくように思える。

ではあなたはどうだろう？

なぜわたしたちは自分のことを人任せにしているのだろう？　なぜ今すぐに行動しないのだろう？現代のモノ、カネ、イデオロギー、宗教、文化、倫理、テクノロジーへの隷従からどうやって抜け出せばいいのだろう？　どうやって悪癖を断ち切ればいいのだろう？　どうすれば食べすぎ、飲みすぎ、吸いすぎを自分でやめられるのか。蓄えや年金に頼らず、〈甘受者＝要求者〉とならずに生きていけるのか。国や企業だけに頼らず、自ら仕事を作り出せるのか。自分の内なる声が聞こえるようになり、内なる才能に気づけるのか。忍従せずにあえて立ち向かうことができるのか。自分のことを他人がどうにかするのを期待するより、むしろそれを拒むようになれるのか。妥協するよりむしろ抵抗することを選べるのか。議員を批判するよりむしろ自ら出馬するくらいの心構えをもてるのか。人に恨みごとを言う暇があったら自分で何とかする人間に、いったいどうしたらなれるのだろうか。

第三部ではその答えを求めて過去の思想をざっと振り返ったが、残念ながらこれらの問題に対する十分で、誰にでも当てはまり、現代にも応用できる答えはなかった。

第四部ではその答えを探っていこう。

第一章　疎外を認識する——人には限界がある

〈自分になる〉ためのきっかけ

　どの国についても、どの社会についても言えることだが、今日の世界では教育を受けても人生の舵とりができるようにはならない。なぜなら、社会は子供たちが自分になれるように教育するのではなく、子供たちにその社会を維持・継続させるために教育するからである。親も同じことで、子供自身に成功モデルを模索させることは少なく、おおむね自分が知っている成功モデルを押しつける。どの国を見ても、基礎教育から高等教育に至るまで、教育の実情は惨憺たるもので、個々人の才能発掘の助けになっていない。

　そんなわけだから、〈自分になる〉ためにはだいたいにおいて何らかのきっかけ——〈出来事〉——が必要になる。それは一瞬の衝撃かもしれないし、緩慢な変化かもしれない。スイッチの切り替えのようなものかもしれないし、長い熟成のようなものかもしれない。あなたを発奮させる助言かもしれないし、あなたを追い詰める耐えがたい制約かもしれない。大金が転がり込むことかもしれないし、貧乏のどん底に落ちることかもしれない。師と出会うことかもしれないし、家族や身近な人々と縁を切ることかもしれない。自分しか頼れない状況に追い込まれることかもしれないし、因習にがんじがらめにされて窒息しかかることかもしれない。自分らしくあろうと決意することかもしれないし、今の自分から変わりたいと強く望むことかもしれない。自己との出会いかもしれないし、自己との断絶を引き起こすような〈他者〉との出会いかもしれない。そのような〈他者〉の存在はしばしば〈自分になる〉ための必要十分な条件となる。

だが多くの場合、それがどういうものであろうとも、〈出来事〉だけでは人はまだ動けない。〈自分になる〉ことについて明確な認識をもたない人はなおさらのことである。ある時間をかけて、一種の隔離状態を――少なくとも精神的な隔離状態を――作る必要がある。それをわたしは〈休止《ポーズ》〉と呼ぶ。いうなれば沈黙と集中と瞑想の時間である。

そしてその〈休止《ポーズ》〉のあいだに次の五つのステップからなる〈道〉をたどれば、〈自分になる〉ことが見えてくる。

ステップ一　人間の条件や自分が置かれた状況によって、あるいは他者によって、自分の人生にどのような制約が課せられているかを認識する。

ステップ二　人にはよい人生を送り、楽しい時を過ごす権利があり、そのために自分を大事にし、周囲からも大事にされるように努力するべきだと理解する。

ステップ三　あえて孤独を受け入れる。愛する人や自分を愛してくれる人も含めて、他者に何も期待しない。むしろ孤独を幸福の源とする（これはステップ一と二を経ていなければできない）。

ステップ四　人生は各人固有のものであり、凡庸に甘んじることを運命づけられた人などいないし、誰もが固有の才能をもっているのだと理解する。また、人生は一度きりだが、その人生の途上でいくつもの人生を送ることは可能だと理解する。

ステップ五　そのうえでようやく、自分を見いだし、人生を選び、自分を掌握することができるようになる。

この〈道〉は何度もたどれるし、逆に何度もたどらなければならない。一時間でたどれることもあれば、何年もかかることもある。そしてたどるたびに、それまでの依存状態からの脱却、解放のようなものを感じるはずである。それをある人々は「覚醒」とか「自覚」と呼ぶが、わたしは〈再生《ルネサンス》〉と呼ぶ。

理想を言えば、子供のころからこうしたことを考え、よりよい選択への準備をするべきである。だが〈道〉をたどるのに遅すぎるということはない。

繰り返しになるが、人は人生の途上で何度もこの〈道〉をたどることができるし、むしろそうでなければならない。一定の間隔を空けて考え直してみるのもいいだろう。そのたびに、その時々の出来事によって新たな選択をすることになるかもしれないが、それでもまったくかまわない。

あなたは本来の姿を失っている

〈自分になる〉ための第一ステップは、自分を支配する力、またその力によって自分が本来あるべき本質的な姿を失っていること、すなわち疎外（aliénation）を認識することである。

まずは人間の条件という制約からくる疎外である。永遠の命や再生、輪廻を信じるか信じないかにかかわらず、とにかくこの地上での人生は短く、はかないものだということを自覚しなければならない。

こんな方法はどうだろうか。砂時計を思い浮かべ、落ちていく砂粒を自分に与えられた時間だと考えてみてほしい。その砂時計は下半分は透明なガラスでなかなか見えるが、上半部は不透明でなかなか見えない。つまり落ちて溜まっていく砂粒は見えていて、それがあなたの過去、すでに歩んできた人生だ。砂粒の一つ一つを個々の出来事だと考えてみてもいいだろう。だが未来については砂粒が見えない。あとどれくらい残っているのかわからない。あなたに見えるのは今ちょうど落ちていく粒だけである。新たに落ちていく一粒が、今あなたが生きている一瞬であり、どの粒が最後の一粒であってもおかしくない。

時間という制約に続いて認識しなければならないのは、人は生まれてくる時代も場所も環境も選べないという制約である。したがって、生まれは何の自慢にもならないし、呪いの対象にもならない。

ここまでは与件であり、自由に対する一つの制約、自由の一つの限界である。だがその先は自分自身に問うべき問題で、しかも自分をごまかすことなく答えるのが難しい。たとえば……。

わたしは食べ物に依存して自分を見失っていないだろうか？　飲み物は？　薬物は？　イデオロギーは？　経済権力、政治権力、宗教権力に依存していないだろうか？　その依存は簡単に抜け出せるレベルのものだろうか？　どっぷり浸かってしまっていないだろうか？　今日までわたしはどう生きてきただろう？　成功の判断基準を自分で決めてきただろうか？　住む場所は？　学業は？　恋愛のパートナーは？　職業は？　子供については？　わたしは本当に自分の能力を探そうとしただろうか？　それを生かそうと真剣に努力しただろうか？　わたしは何を悲しみとしてきただろう？　何を幸せとしてきただろうか？　わたしは本当に物質的に恵まれていないのだろうか？　ただ怠けているからではないのか？　わたしは本当に悲劇の犠牲者なのだろうか？　自分で招いたものではなかったか？　誰かの幸福に固執するあまり、身動きがとれなくなっていないだろうか？　わたしは本当に凡庸に生きるしかないのだろうか？　周囲の人々と同じような生き方をするしかないのだろうか？　あきらめてしまっていないだろうか？　今の自分の生き様に満足しているか？　今自分についてこうだと思っていることは、ひょっとしたら自分を安心させるために勝手に作り上げた幻想ではないだろうか？

多くの人は、いや世界中のほとんどの人は、こうした質問に答えなくてもいいようにあらゆる努力を払っている。社会もそれを助けていて、そもそもそんな疑問さえ浮かばないように人々を誘導する。

さて、これらの質問にきちんと答えるには、あえて自分の歴史、祖先の歴史、自分が受け継いでいる文化に目を向けなければならない。可能ならば家族の秘密とも向き合うべきである。

また、もっと地味な方法だが、日々を振り返り、どんなときに自分は自由だったと言えるのか、どんな瞬間が自ら選んだものだったのかと考えてみるのもいいだろう。逆に、自由でもなければ自ら選んだものでもなかった経験については、そのとき自分が強く望んでいたらどうなっただろうかと想像してみるといい。

あなたには限界がある

第一ステップは必ずしも長く詳細な分析を前提としているわけではないし、セラピーを必要とするものでもない。過去は病気ではない。ただ自分と向き合い、自分に問いかけ、自分の心の動きを追うことによって哲学者たちが言うところの「自己認識」に達するのが目的である。もちろん人によっては誰か――恋人、友人、あるいは専門家――に話を聞いてもらうほうがやりやすいかもしれず、それは各人が判断すればいい。

どういう形をとるにせよ、このステップであなたは時間への疎外を認識するはずだ。それによってあなたはある所与の時、所与の場所に生まれ、不死を奪われたのだから。また、自分が何らかの思想、概念、価値観、受け継いだ信仰などに依存していることも認識できるだろう。それらを分析することによって、自分の自由が及ぶ範囲や、強みと弱みを認識できるはずである。

もちろん、自分の限界を認識したからといって、必ずしもそれが信念や受け継いだ遺産の放棄につながるわけではない。限界を認識しただけで、人生を変えようとか、〈甘受者＝要求者〉でいるのはやめようという思いが自然にわいてくるわけでもない。

むしろそれは前述のような問いの拒絶につながる恐れさえある。答えがあまりにも絶望的に思えて、認めたくないかもしれないからだ。フォーヴ（Fauve）というフランスの音楽グループの「イタチザメ（Requin Tigre）」の歌詞にあるように、「おれはどこにもいやしないし、どこにも行きやしない。身動きできない。しかもこれ以外の状態にもなれやしない。これについちゃ考えないのがいちばんだ……」［訳注1］と思うかもしれない。

だがそうなれば、あなたは第一ステップより先には進めず、〈甘受者＝要求者〉にとどまることになる。

逆に、どれほど辛くても思い切って真実と向き合うことができたなら、今度はあなた自身が誰かの疎外に一役買っていることに気づくだろう。たとえばあなたが親となって子供を世に送り出すことは、彼らに死すべき運命を与えるということでもある。さらに、自分が始めたことを子供に続けさせようとか、自分ができなかったことを子供にかなえさせようなどと考えて彼らにそれを押しつけるとき、あなたは彼らから人間性を奪っているのである。

もっと広く言えば、あなたが誰かに対して、あの人はわたしに従うべきだとか、わたしの望みどおりになるべきだとほんの少しでも思うなら、その人の人間性を奪っていることになる。

このように自分の限界を認識して初めて、わたしたちはしっかりした自己認識を得ることができる。そして先へ進みたい、自信をもてるようになりたいと思うようになる。

そこまで来たら第一ステップは終了で、第二ステップに進むことができる。

［1］イタチザメは動けなくなると死んでしまうことから、抑うつへと向かうマンネリを意味する。マンネリを脱しようとして自分に向き合ってみても、結局答えは見つからずまた抑うつに戻るだけなので、考えないほうがいいくらいだという歌。

第二章　自分を大事にし、周囲からも大事にされる

——人には尊重される権利がある

大事にしたいものを五つの言葉に託す

自分自身の疎外の度合いを認識し、人生のはかなさを認識し、自分の出自を知り、歩んできた道のりを自覚し、望み、強み、弱みを分析し、体と心の状態を把握し、さらにこれらの自覚によってもっと前へ進みたい、自分に自信をもちたいという気持ちがわいてきて、それがどうしようもないほど強くなったら、そこでようやく「自己の尊重」に目が向くようになる。

自分を大事にする（se respecter）——この言葉は語源的には「自らを振り返る」ことで、つまり自分に注意を払う、自分を重んじることを意味し、さらに広がって、自分は注意を払うに値すると思うこと、自分の人生は自分にとっても他者にとっても大切なものだと考えること、などを意味する。

すでにあなたは自分の体の状態を把握しているのだから、自己の尊重はまずその維持・管理に向か

うはずだ。悪癖を断ち、スポーツで体を動かし、体形にも注意を払う。鏡や周囲の人の目に映る自分の姿を自ら愛する。もし愛せないなら、その状況を変え、健康管理に力を入れる。健康管理も行きすぎると心気症になるが、節度のあるものは自尊心の一つの表れである。

次いで自己の尊重は次のような作業へとあなたを導く。自分の価値を正確に評価し、分類したり順位をつけたりし、どれが大事でどれがそれほどでもないかを見極め、妥協できるものとできないもの、すぐに生かせるものと長期的な投資が必要なものを区別する。

こんなことをしてみるのもいいだろう。自分が大事にしたいものを五つの言葉に託し、それを常に念頭に置くのである。たとえば、清潔、洗練、正直、誠実、礼儀、マナーといった言葉が使える。

自己の尊重は、選んだ五つの言葉と、その概念に含まれる諸価値を日々思い返し、それらの言葉が前提とする約束事を守ることに通じる。そしてそれを足掛かりにして、もてるかぎりの能力を発揮して自己形成、自己再形成に努め、絶えず高みを目指すこと、これも自己の尊重だと言っていいだろう。

また、自分を欺かない、出し惜しみしない、失敗から学ぶ、責任を自覚する、自分に何が期待できるのか、何を望みうるのかを明確にする、自分の真実、欠点、家族の秘密から逃げない、そしてやると決めたことをやらずに死ぬことなどあってはならないと思う、これらも自己の尊重である。

自己嫌悪を捨てる、自分を卑下しない、自分のなかには生かすべき貴重なものが必ずあると考える、もうおしまいだなどと思わない、ほかの誰もがそうであるように、自分にもよい人生を送り、楽しい時を過ごす権利があると考える、これらもまた自己の尊重である。

さらに、哀れみや慰めを決して求めない、悪い知らせや暗い見通しを現実的に受け止める、今不幸だからといってしょげたり、いらいらしたりせず、不幸のなかにも楽しみを見つける、そして不幸なときこそ新たなチャンスをつかむ準備をする、これらもやはり自己の尊重である。

こうした自己の尊重があって初めて、内なる力がわいてくる。明晰、内面性、廉潔、勇気といったものに手が届くようになる。そして生きる意欲がわいてくる。浅薄な楽観主義にも後ろ向きの悲観主義にも陥ることなく、人生の浮き沈みに対処することができるようになる。

以上のような意味で自己を尊重する人は、周囲からも穏やかで前向きな人だと思われ、重んじられるようになる。この順序は当然のことで、そもそも自分を大事にしていない人が周りから大事にされるはずがない。

またその逆に、自己の尊重を知れば、同じように他者を尊重するようになる。

以上が第二ステップである。

第三章　他者に何も期待しない——人はそもそも孤独な存在である

決められるのはあなただけ

〈自分になる〉ための第三ステップは、孤独を自覚すること、そして他者に何も期待しないとはどういうことかを学ぶことにある。それは第一ステップで疎外を認識し、第二ステップで自己尊重の必要性を自覚したからこそできることである。また第三ステップをクリアできれば、いよいよ人生を切り開くのに必要な勇気に手が届くようになる。

人間の条件はいろいろあるが、孤独はそのなかでも死と並んで受け入れがたいものの一つである。人はどうやっても、宇宙に生きる一生命体としても、地球に生きる一人の人間としても、苦しみなく孤独を受け入れることはできない、しかし誰もが逃れられないこの疎外感は、実はわたしたちが宗教的、政治的、経済的、家族的、そして感情的な無数の策略によって孤独ではないと信じ込まされてきたことに端を発している。わたしたちはそれぞれに役割を与えられ、欲望をかき立てられ、多くの人々とともに気晴らしをする機会を与えられ、群衆のなかに投げ込まれ、人に囲まれ、守られていると思わされ、あの手この手で陶酔させられ、さらには神々と（あるいは神と）対話させられることによって、自分は決して孤独ではないと信じ込まされている。

しかしながら、たとえ信仰があっても、たとえ人に囲まれ、愛されていても、恋人や配偶者、両親、友人によって支えられていても、また彼らがどれほどわたしたちに誠実でも、わたしたちが孤独であることに変わりはない。たとえ愛する人々が愛情を、情熱を、支えを、慰めを与えてくれても、たとえ彼らがわたしたちの自己形成や自己創造を助けてくれても、悲しいときに慰めてくれても、何らかの制約からわたしたちを解放してくれても、彼ら自身がわたしたちにとっての〈出来事〉となり、〈他者〉の存在に気づかせてくれたのだとしても、それでもなお――極端な例だが、誰かがあなたを守るために身代わりになって死ぬといったこともありうるが、それでもなお――彼らはわたしたちを本当の孤独から救ってくれるわけではない。

もっと恐ろしいことに、わたしたちは自分自身に対してさえ孤独だと言わざるをえないかもしれない。わたしたちの瞬間瞬間の自意識は、あるいはわたしという人格を構成している諸要素の一つ一つは、それ自体が孤独であり、他の要素と必ずしも一体を成しているわけではない。

ではどうしたらいいのだろうか。

まずこう考えてみてほしい。あなたが生きる意味は、あなた以外の誰にも説明できない。あなたの願望を言葉にしたり、あなたの人生設計を決めたりする資格は、あなた以外の誰ももっていない。あなたが一〇分後に、二日後に、一〇年後にどうなっていたいかを、あなた以上にうまく思い描くことができる人はどこにもいない。

そう考えれば、あえて誰にも頼らず、自分一人でやってみようという勇気がわいてくるはずである。誰にも頼らないというのは、それが家族であれ、友人であれ、知人であれ、大勢を代表する権力であれ、あるいはいかなる種類の救済者であれ、他者からの愛、金銭、支援などを一切期待しないことを意味する。なかでも重要なのは、会社や国家に何も期待しないことである。

あるいは、他者の助けはそれがいちばん必要なときに得られるものではないし、こちらの望みどおりの助けが得られるわけでもないと考えるだけでも、何とかしようという勇気がわいてくるはずである。

愛する人々に何も期待しないというのは、彼らをないがしろにするという意味ではない。むしろその逆で、見返りを期待することなく彼らを愛するべきだという意味である。つまり、彼らの愛に何も期待しない、あなたの彼らへの愛に損得勘定を持ち込まないということだ。知人に何も期待しないというのも同じことで、支援ネットワークだと思って彼らに寄りかかるのではなく、相互信頼と交換のネットワークだと考えるという意味である。また、会社に何も期待しないというのは、公正な報酬を要求するのをあきらめろという意味ではない。国家に何も期待しないというのは、権力の決定にはすべて従うしかないという意味ではないし、自分の権利を行使することや、自分の利益を守ることをあきらめろという意味でもない。

さらに「期待しない」を突き詰めて、その他者が何かひどい状態に陥ってこちらに害を及ぼすかもしれない、そんな状況さえ覚悟する、という意味に解釈してもいい。本来なら助けや理解を期待できる相手であっても、そういうことは十分に起こりうる。なにしろ誰もが孤独であり、孤独は悪に弱いのだから。

その意味では、孤独を自覚し、他者に期待しないということは、自分にとって脅威になりうるものがあると認識することにつながるので、少しばかり人を偏執狂的にする。

ここまでが第三ステップである。

第四章　唯一性を自覚する——人は自分の人生しか生きられない

あなたは「よりよい人生」を生きるべき

ここまで三つのステップ（疎外を認識する、自己を尊重する、孤独を自覚する）をたどってきたあなたは、何らかのひらめきを得、あるいは驚きのようなものを感じているのではないかと思う。そうなっていれば、〈自分になる〉ための道をさらに先へと進む準備ができている。次に待っているのは自分の唯一性を自覚するという作業、つまり人は一度しか生きられず、だとすればその人生はほかの誰とも違う唯一のものとなるはずであり、またなるべきだと理解するためのステップである。

実はここで言う唯一性は、孤独の裏返しでもある。

今このときだけをとっても、地球には何十億もの人が生きている。また世界中で同じような仕事が必要とされていて、その種類は何百万もあるとはいえ、大勢の人が同じ仕事をしている。それにもかかわらず、誰一人として同じではない。人類の黎明期からこれまで、誰かとまったく同じ人生をたどった人は一人もいない。誰もが唯一の存在で、生物学的にも、地理学上も、文化的にも、歴史的にもほかの人と異なっている。誰もがそれ以前の誰ももったことがなく、それ以後の誰ももつことがないような特性をもっている。誰もがほかの人と違う考えをもっている。そして誰もが、思考においても人生においても、ほかの人とは違う道筋をたどる。

ということは、誰もがまだ誰もしたことがない何か、今後も同じやり方でする人はいないであろう何かをすることができる。それは仕事でも、人生でも、自分のためにも、他の人々のためにも可能である。第二部の事例からも明らかなように、どれほど不利な条件を背負っていても、どれほど貧しくても、悲惨なほど本来の自分を奪われていても、自分の能力にまったく気づくことができていなくても、ほかにないものを世の中にもたらし、ほかにないサービスを提供し、そうすることによって自分を見いだすことは可能なのだ。誰か、あるいは何かによって決められた人生をまったくそのとおりに送らなければならない人など一人もいない。自分自身であってはいけない人など一人もいない。

そうしたことに思いを巡らすのが第四ステップである。つまり自分がほかの人とどう違うのか考え、宇宙における唯一性について考え、そのことを忘れるように仕向けられてきた状況について考え、今後そのことを忘れないために何を心がけたらいいかを考えることだ。

それらを考えれば、人生の究極の目標は〈甘受者＝要求者〉として生き延びることではなく、創造者として「よりよく生き抜く」ことだと理解できるはずである。つまりわたしたちは皆、自分の価値観と切望に基づいて定義する「よりよい人生」を生きるべきであり、それはほかの誰も同じやり方では思いつかない人生であるはずだ。

そのことを本当に理解したら、卓袱台をひっくり返す（何かをがらりと変える）［訳注2］こともいつか可能になる。周囲から期待されていることをあえてしないとか、自分の成功失敗を人から押しつけられた価値基準で判断しないとか、ほかの人のほうがもっとうまくやれるような仕事には就かないとか、ほかに例がないことだけをやってみるとか、自分にしかできないことや自分がもっている能力を積極的に探すといったこともできるようになる。

これらは仕事だけに限らない。生き方そのものも、恋愛も、生きる場所の選択も、気晴らしに何をするかもすべて同じことである。

もちろん実際には何でもすぐに変えられるわけではない。しかしながら、たとえば何らかの理由で望む仕事に就けないとしても、その仕事を別の形で実現することはできるかもしれないし、もっと別の分野で自分を生かせないかと手探りすることはできるだろう。状況が変わるのを待ちながらそういう努力を続けていれば、どこかでチャンスがやってくる。また、自分の性格とも能力とも合わない仕事を長くやらなければならない場合でも、仕事のやり方には山ほどの選択肢がある。あるいは仕事を

［2］任天堂の開発者たちが「急に大きく方向転換する」ことを「卓袱台をひっくり返す」（英語では upturn the tea table フランス語では renverser la table）と表現したことから、欧米でも使われるようになった。

変える機会をうかがいながら、まずは趣味のなかに自分の唯一性を見つけだし、それを極めていってもいい。結果的にそれが自分の仕事になったという例も少なくない。さらに望ましいのは、他者への愛のなかに――つまり誰かのために何かをすることに――自分の唯一性を見つけていくことである。

こうした考え方は、一度ならず人生を選び直す勇気、いつでも自分で問題を解決しようとする勇気、だめならどんどん方法を変えていく勇気にも通じるものだ。

結局のところ、よい人生、よりよく生き抜く人生とは、自分を探し、自分を見つけ、見失い、また探しというのを絶えず繰り返していく人生のことである。その際、可能ならばさまざまな問題に同時に取り組めばいいし、それが無理なら順番に取り組んでもいい。

人の人生はそれぞれに唯一のものだ。ただし、ただそれが唯一のものだからというだけで、唯一のものでありつづけるわけではない。

それが理解できたら、第四ステップは終わりである。

第五章　自分を見いだし、人生を選ぶ――すべての人が、見いだされるべき天才である

さて、あなたは何をする？

以上の四つのステップをクリアし、また失敗への恐れを克服し、行動につきものの迷いを受け入れたら、あなたはその時点でこう気づいているだろう――自分には思っていた以上に生き方を選ぶ自由がある。しかもその自由に年齢は関係ない。人々があこがれる夢物語さえ、実は自分で実現できるものなのだ、と。ピエール・ラビ［訳注3］がアメリカの古生物学者フェアフィールド・オズボーンの『略奪された地球（Our Plundered Planet）』の前書きに書いたように、「夢物語が生まれるには、型にはまった仕組みから解放された無垢の空間がなければならない。型にはまった仕組みは、不可能は文字

［3］フランスの思想家であり農業家。一九三八年アルジェリア生まれ。

どおり不可能なのだと思わせることによって想像力を枯渇させるからである」。

アメリカの人類学者カルロス・カスタネダが『呪術師と私―ドン・ファンの教え』で言おうとしたことも同じである。カスタネダが師と仰いだヤキ族の呪術師ドン・ファン・マトゥス――架空の人物だという説もあるが――は、彼が教えを請うたとき、まず「自分が座る場所を探せ」と言った。だがその〝場所〟については何の基準も示されない。カスタネダはそれまで自分が使ってきた感覚や判断基準とはまったく異なる方法で、その場所を見つけなければならなかった。

この「自分が座る場所を探す」に当たるのがここまでの四つのステップである。これらをクリアしていれば、人生の選択――つまり〈自分になる〉こと――がしっかりと根を張るためにこれらが必要だったとわかるはずである。つまり、他者の権力や、国の無能や、自分の孤独や、自分の失敗に憤りを感じただけでは〈自分になる〉ことはできないのだと。四つのステップを経てこそ、本当の自信と落ち着きが生まれ、こんなふうに考えることができるようになる。わたしにはできる。わたしには思っていた以上の力がある。わたしは行動できる。そう、わたしは成功できる！

そうなれば第五ステップに挑む勇気もわいてくる。それはつまり、自分のどんな未開発の能力（身体的能力、芸術的能力、知的能力など）を生かすのか、これまで抑え込んできたどんな情熱を力とするのか、それを選択する勇気である。〈自分になる〉ことは決して暴力的なものではない。唯一の例外は、他者の〈自分になる〉こと、つまり他者の自由を守るために自己を犠牲にするという究極の選択をする場合である。

そのような極端な例は別として、あなたの選択には何の制限もない。年齢も金銭も関係ない。第二章で例を示したように、貧しい生まれでも裕福な生まれでも成功は可能であり、また人生のどの時点でも新たな人生の選択が可能である。すべては選択したものに注ぐエネルギー、そこで発揮しようとする力、そこに賭けよう思う度胸をどうやって獲得するかにかかっている。それは一瞬でできるかもしれないし、一〇年かかるかもしれない。

職業の選択で言えば、実は子供のころからこれが好きだったと気づいて、それを仕事にするという選択もあるだろうし、趣味として取り組んでいたものをフルタイムの仕事にするという選択もあるだろう。もちろんどこかの段階でその教育を受けたとか、誰かから示唆されたとか、あるいは第四ステップまでの過程で興味が芽生えたといったこともきっかけになる。

ある人々は起業を選ぶだろうが、それにも起業にあこがれてという場合と、必要に迫られてという場合がある。

前者の場合、だいたいはある分野に向けられた情熱――情熱が強すぎるなら興味――から起業家精神が生まれる。その情熱からアイディアが生まれ、情熱ゆえにチャンスに気づくことができ、そのチャンスを生かす勇気も生まれ、これと決めた分野で事業を起こすに至る。

後者の場合は必要の結果として起業家精神が生まれるわけだが、これにもいろいろな必要が考えられる。生き延びるためという例もあれば、よりよく生きるためという例もある。家族を養うため、子供の学費を稼ぐため、スラムから出るため、あるいは解雇されて新たな出発を迫られたからかもしれない。いずれにしても切羽詰まった状況で、たまたま可能だった分野で起業する。もちろん前者と後者が入り混じった起業もある。

だがどのような起業であろうとも共通点がある。それは、エネルギーが向けられる先が職探しではなく、顧客探しだという点である。起業においてはサービスを提供する相手を探さなければならない。さらに突き詰めれば、まだ提供されていないサービスであって、自分が提供することができ、しかもそれを必要とする顧客がいて、その顧客が今ほかのことに振り向けている時間や金の一部をそのために当ててくれるほど満足するようなサービス、それを探すということである。このことからもわかるように、〈自分になる〉ためには計画が必要で、その計画を練る際には長期的視野が求められる。

四つのステップをクリアしていれば、仕事ばかりではなく性生活、愛、国などを選ぶこともできるはずだ。またこの段階まで来ていれば、どういう選択であろうとも、他者がいなければ〈自分になる〉ことはできないとわかるだろう。その意味では、他者が〈自分になる〉のを助けることによって、あなたも自分になれるのである。

さて、ここに至ってもなお自分が望む道を選択せず、意識的に〈甘受者＝要求者〉に戻る人もいるかもしれない。〈甘受者＝要求者〉がどういう存在かを理解したうえで、もはや言い訳も正当化もせずに疎外に甘んじるということだが、そういう人がいるとすれば、それは不安にとりつかれているからだろう。不安は時として、自由に生きることを専制体制下で生きることより難しいものだと思わせてしまう。だがそれほどの不安を感じるとしたら、それはその人の計画が実は本当の人生の計画ではなく、他者にこう見てほしいと思う自己イメージにほかならないからである。要するに、隷従の喜びがその人の人生計画だということになる。

第五ステップで理解できること、いや理解しなければいけないことは、身近な人もそうでない人も含めて、個々の〈他者〉が皆あなたと同じように十全で希望のある存在だということである。老いた人々は眠れる宝であり、若い人々は守るべき将来の希望であり、すべての人は他者から見出されるべき天才だということ。そして、自分を選ぶことは、他者が〈自分になる〉のを助けることにもつながりうるということ。その逆に、彼らを助けることが、あなた自身の幸福の一部を構成しうるということである。人は何かを与えた相手から多くのものを受け取る。だからこそ学ぶためには教えなければならない。知識を共有することは、自分のなかに埋もれた発想を引き出すために大いに役立つ。あるいは、子供たちが自分を見つけ、自分は何が得意か理解するのを助けることほど心躍ることがあるだろうか。それは必ずあなたの幸福にもつながる。

しかし何事にもマイナス面がある。他者が〈自分になる〉のを助けようとすると、時には彼らを敵に回すことにもなりかねない。自分を変えるように示唆されて喜ぶ人などいないからだ。債務者は何よりも債務を忘れることを望むので、債権者を憎む。それと同じことである。

したがって、他者を助けようと思うなら、反感や逆恨みを覚悟して取り組むことだ。しかしすべての〈道〉をたどってきたあなたなら、そんなリスクはにっこり笑って引き受けることだろう。

結論　今、ここで、〈自分になる〉こと

行動する勇気をもとう

どうだろう、惰性から抜け出し、自分を見つけることは可能だと納得していただけただろうか。完全には納得できなくても、一生に一度くらいはやってみようという気持ちになってくれていたらありがたい。あなたが〈自分になる〉ために前向きに行動すれば、それはあなた自身を成功に導くだけではなく、他の人々の成功、あなたの国の成功、ひいては世界の豊かさにもつながる。それがわかってもらえたらこれほどうれしいことはない。

旧約聖書の「コヘレトの言葉」に「太陽の下、新しいものは何ひとつない」（第一章第九節、新共同訳）とある。ということは、わたしたちは同じことを繰り返す人生しか送れないのだろうか？　過去の人々と同じ道を行くだけなのだろうか？　いや、そうではないと注釈者たちは否定する。この言葉はダヴィデの子、コヘレト【訳注1】によるものだが、一種の愚痴であり、聖書としてはむしろ逆に

「新しいものは太陽の下にある」と言わんとしている。だからあえて既成概念を捨て、別の見方をすることが大事なのだ。つまり自分のために自分で考えること、〈自分になる〉ために自分で考えることが大事である。

だからこそ何度でもあなたに言いたい。さあ、今こそ手綱をとって、自分を順応主義から、イデオロギーから、既存の倫理から、あらゆる種類の決定論から解放しよう。もう誰にも頼らず、自分の声に耳を傾けよう。行動する勇気をもとう。あきらめて既成事実を受け入れる必要などどこにもないし、自分の問題に答えを出すのに他者に頼るなどという理屈は通らない。ましてや権力や国家に頼っていいはずがない。よい人生とは、絶えず自分を探せる人生、何度でも自分を見つけられる人生のことである。

もちろん〈自分になる〉のは楽なことではない。時には苦しみを伴うし、簡単にはいかずに数世代かかることさえある。それでも行動しなければならない。今行動しなければ、あなたはじきに――あなたも、あなたが愛する人々も――今よりずっとひどい状況に陥るということを肝に銘じてほしい。今あなたが想像しているよりはるかに悪い状況になる。つまり成長も、雇用も、民主主義も、すべてあなたが自分になれるかどうかにかかっていて、それがなければ失われてしまうのだと。

世界に奴隷はいらない

まずは私生活から始めるのでもいい。自分が疎外されていることを自覚し、自分を掌握すれば、決められた運命から抜け出せる。今いる場所は自分の場所ではないと気づくのに難しい条件があるわけではない。衝撃的な事件がなくても、誰かによって導かれることがなくても、自己認識に達することはできる。自分が何者かを発見するのはあなた自身にできることであり、発見できたなら次にそれを実現することもできる。

仕事から始めてもいい。あなたが今失業中なら、ただ求人を待つのではなく、起業を考えてみよう。もし臨時雇いで退屈な、あるいは疎外を招くような仕事をしているなら、その仕事をもっと楽しく、もっと創造的なものにできないか考えてみよう。あるいは思い切ってその仕事を辞め、何かを身につけて自分の仕事を始めることも考えてみよう。あなたが会社の社長なら、税率が下がるのを待たずに、もっと積極的に投資し、あるいは人を雇うことを考えてみてほしい。芸術家なら、注文があろうがなかろうがどんどん創作しよう。

自分が使っているもの、口にするものが気に入らないなら、買わなければいい。他者に依存した生産物を消費するのはやめて、自分で作ってみよう。家庭菜園も日曜大工も〈自分になる〉ための立派な一歩だ。音楽もそうだ。音楽を消費するのではなく実践する側に回るのもまた一つの〈自分になる〉ことである。

［1］ソロモンのことだとする注釈者が多い。

資産管理も見直そう。なるべく他者に頼らない方法で管理しよう。その価値があなたとはまったく関係のないところで決められて変動していくような資産は、できるかぎり処分することだ。なかでも重要なのは遺産に頼らないこと。遺産への期待は人生掌握の妨げでしかなく、決して助けにならない。

あなたが誰かに支配されているなら、今日からはあなた自身があなたを支配しよう。まずは世界があなたに無関心、あるいは敵対的であるという覚悟で行動することだ。そしてその状況を変えるのに、政治が何かしてくれると期待するのをやめること。国にも、前の世代にも、次の世代にも、家族にも、上司にも頼らず、自分で立ち上がること。あなたの国に今存在する政党にも、組合にも、これ以上頼ってはいけない。参加するならそれらを変革するためでなければならない。あるいは新しい組織を立ち上げるべきであり、それは未来への課題に正面から取り組む組織、当選だの再選だのに気をとられずに活動できる組織でなければならない。

国についても真剣に考えてみてほしい。気力を失った国では誰も〈自分になる〉ことができない。国家は、その国民がここで自分になろうと思えるような場所でなければ、国民にそう思わせるような枠組みでなければ生き残ることはできない。

あきらめない人が増えれば増えるほど世界の未来は明るくなる。自分を掌握する人が多ければ多いほど民主主義が深まり、世界はエネルギー問題から解放され、より多くの富と芸術が創造される。

社会、国家、世界は、〈自分になる〉ことができた人々だけで構成されることになるかもしれない。その世界に奴隷はいらないし、奴隷はやがて排除されてしまう。奴隷は不要だとわかった途端に、世界はどんどんロボットを作って置き換えてしまうだろうから。

＊＊＊

この国の創造力を解放する

フランスは特に困難な状況に置かれている。〈甘受者＝要求者〉が群れをなしているからである。すでにかなりの人数だが、今後ますます増えそうだ。その人々の既得権によって、まだあきらめずにいる人々もますます追い詰められていく。

実行力のない政治家が政権の座に就くようになってからあまりにも長い時が過ぎた。何の成果も上がらないまま、あまりにも長い時間が空しく過ぎた。その一方で、この国の〈自分になる〉ことを時代錯誤の純血主義のようなものにしてしまおうとする人々がいて、こちらも脅威になっている。フランスを立て直すには、今の政治家とは別の人々が立ち上がり、この国の創造力を解放するしかないだろう。また創造力を解放するには、その人々があらゆる手を尽くして市民一人一人が自分になれるように助けなければならない。そこへ導く五つのステップ——第四部で述べた〈道〉——が子供のころから教えられるようにするべきだし、小学校から大学に至るあらゆる段階で、あらゆる進路指導の際に、さらには生涯教育においても、教えられるようにしなければならない。

＊＊＊

だが警戒を怠ってはならない

言っておくが、たとえ多くの人が立ち上がり、自分を掌握し、自分で問題を解決するようになり、〈自分になる〉ことに成功したとしても、警戒を怠ってはいけない。なぜなら市場は実に巧妙で、人々の目を〈自分になる〉ことから引き離して忍従へと向かわせるために、次々と新しい手法を編み出すからである。

「人生掌握の手段ならすべてここにありますよ」と市場はささやく。そして「あなたの将来を予測して対処しましょう」と言って新しい商品やサービスを売り出す。だが、そうした商品やサービスは実は自己監視の道具でしかない。わたしたちの人生のあらゆる側面が一般的基準に合っているかどうかを、つまり他者によって決められた〈自分になる〉ことがきちんと実行されているかどうかを監視するためのものでしかない。しかもその他者とは、主として膨大なデータを保有している保険会社をはじめとする諸機関なのだ。

つまり資本主義は、生命を確実なものにしたいという要求がどういうとき人々のなかに生まれるかを予測して、あなたの安全を守ります、死からも守りますと呼びかけることによって、実のところ人々の自由意志を奪おうとしているのであり、これは何とも見事な策略である。

こうした動きに警戒せず、本当の意味での〈自分になる〉ことのほうが負けてしまったら、〈甘受者＝要求者〉はお仕着せの自己管理でコントロールされ、徐々に人工器官で全身を覆われてゆき、やがてはロボットになるだろう。つまり、一個の物と化してすべてを〈甘受〉しながら、ただひたすらエネルギーと修理を〈要求〉し続けるだけのロボットになってしまう。

そうなれば資本主義は、人間を「働きかつ消費するもの」、「純粋な利益源」に変えるという究極の目的に達したことになり、その後は開発する人材も資源もなくなって、資本主義自体が消滅するしかなくなってしまう。

いくらなんでも大げさな、そんな展開はありえないと思うかもしれないが、現に世界はその方向に進みはじめている。いや、どこかでそれを組織・推進する陰謀が進行中だという意味ではない。それこそが市場というものの自然な流れだと言いたいのだ。市場はその自然な流れによって、他のいかなるシステムよりも——とりわけ政治よりも——巧みに人の将来需要を予測し、それを商品に変えるからである。

未来は決まっていない

とはいえ、わたしは運命論者ではないし、ペシミストでもない。

人類が徐々に〈甘受者＝要求者〉になり、さらに不死のロボットとなってこの地球が荒涼たる星に成り果てるという未来は、すでに決まったわけではない。

なぜなら、第一に、まだこの流れに抵抗することができるからだ。その抵抗はもう始まっている。

だからこの本を書いたのだ。第二に、たとえいつの日か人類がロボットになるときが来るとしても、そのとき人間の意識は、今すみついている脳を離れているに違いないとあえて考えているからだ。そのときにはついに、自己意識は物質の次元から解放され、究極の自由を体現する場所となるだろう。

だがもちろん、精神と物質の最終戦争などに突入する前に、何とかして世界を〈自分になる〉ことに成功した人々の手に委ねる努力をしなければならない。たとえ今は〈甘受者＝要求者〉であっても、これからそれを拒否し、自分を掌握してこの本に紹介した〈道〉を歩む人々の手に。

＊　＊　＊

この本を書きながら、わたし自身もまた、ここに書いたことを実行しようという思いを新たにした。これまでもずっとそうしてきたつもりである。誰にも頼ったことはないし、自分で考え出した仕事しかしたことはない。いつでも、できうるかぎり、他者に役立つことのなかに自分の幸福を見つけようとしてきたし、世界のために、フランスのために最善だと思うことをしてきた。国際組織を作ったり、わたしが思いつく改革を実現できる政治家がいるときに政策提言を行ったりしたのも、すべてそのためである。

謝辞

ここに出てくる事例を喜んで確認してくれたフロリアン・ドティル、ロリーヌ・モロー、アントワーヌ・ロジェ・ド・ガルデル、エティエンヌ・マランジエに感謝する。

ここに出てくるポジティブな起業家の多くと会えるようにしてくれたアルノー・ヴェンチュラ、ジョエル・パン、アラン・テュロー、そして「プラネット・ファイナンス」と「ポジティブ経済フォーラム」のすべての関係者に感謝する。

この本の主題の一部について、わたしとの会話につき合ってくれたリュック・フェリー、グザヴィエ・ベルトラン、ピエール＝アンリ・サルファティ、パスカル・トスカーニに感謝する。

いつものように注意深く原稿に目を通してくれた編集者のクロード・デュラン、ソフィー・ド・クロゼ、ディアーヌ・フェイエルに感謝する。

そして、これまで以上に、読者の皆さんからの j@attali.com への投稿を心待ちにしている。

著＝**ジャック・アタリ**

1943年生まれ。国立行政学院（ＥＮＡ）卒業。1981－1990年、ミッテラン政権の大統領特別補佐官を務め、多くの次世代の人材を育てた。1991－1993年、「ヨーロッパ復興開発銀行」の初代総裁となる。1998年にはＮＧＯ「プラネット・ファイナンス」を創設し、現在も途上国支援に尽力している。2007年、サルコジ大統領に依頼され、大統領諮問委員会「アタリ政策委員会」の委員長となり、21世紀に向けてフランスを変革するための政策提言を行なった。著作は、『ユダヤ人、世界と貨幣』『危機とサバイバル』『21世紀の歴史』（すべて作品社）、『1492　西欧文明の世界支配』（ちくま学芸文庫）、『世界精神マルクス』（藤原書店）、『ノイズ』（みすず書房）など多数。

訳＝**橘 明美**（たちばな・あけみ）

仏語・英語翻訳家。お茶の水女子大学文教育学部卒。主な訳書にピエール・ルメートル『その女アレックス』、『悲しみのイレーヌ』（共に文春文庫）、ジョエル・ディケール『ハリー・クバート事件』（東京創元社）、マルクス・シドニウス・ファルクス『奴隷のしつけ方』（太田出版）などがある。

「ちゃぶ台《だい》返《がえ》し」のススメ
運命を変えるための5つのステップ

二〇一六年四月九日　第一刷発行

著　ジャック・アタリ
訳　橘 明美

発行者　土井尚道
発行所　株式会社飛鳥新社
〒一〇一-〇〇〇三
東京都千代田区一ツ橋二-四-三　光文恒産ビル
電話〇三-三二六三-七七七〇（営業）
〇三-三二六三-七七七三（編集）
http://www.asukashinsha.co.jp

装丁　木庭貴信＋川名亜実（オクターヴ）
印刷・製本　中央精版印刷株式会社

Printed in Japan
ISBN 978-4-86410-465-4

編集担当：品川 亮